KB125716

옆집 그 엄마는
어떻게 일을 구했을까

옆집 그 엄마는 어떻게 일을 구했을까

엄마 경력 20년, 독서·놀이·대화법 강사가 되었습니다

초 판 1쇄 2024년 06월 27일

지은이 은수, 서원영, 정은희
펴낸이 류종렬

펴낸곳 미다스북스
본부장 임종익
편집장 이다경, 김가영
디자인 임인영, 윤가희
책임진행 이예나, 안채원, 김요섭, 임윤정

등록 2001년 3월 21일 제2001-000040호
주소 서울시 마포구 양화로 133 서교타워 711호
전화 02) 322-7802~3
팩스 02) 6007-1845
블로그 http://blog.naver.com/midasbooks
전자주소 midasbooks@hanmail.net
페이스북 https://www.facebook.com/midasbooks425
인스타그램 https://www.instagram.com/midasbooks

© 은수, 서원영, 정은희, 미다스북스 2024, *Printed in Korea*.

ISBN 979-11-6910-697-9 03810

값 18,500원

미다스북스는 다음세대에게 필요한 지혜와 교양을 생각합니다.

옆집
그 엄마는
어떻게
일을 구했을까

은수 원잉 은희

미다스북스

목차

PART 1

읽는 엄마는 지치지 않는다 - 독서를 통해 세상으로! 은수

PART 2
놀이로 소통하는 엄마는 멀리 본다 - 놀이로 세상과 소통!   원영

PART 3

대화할 줄 아는 엄마는 깊이 공감한다 - 관계는 대화로 시작!　은희

은수

오늘처럼 창밖에 봄기운이 가득한 날이었을 거예요. 폴더명을 입력하라고 깜빡이는 커서를 보며 불현듯 '벼랑 끝에서'라는 말이 떠올랐습니다. 맞아요. 그때 저는 벼랑 끝에 서 있는 심정으로 살았습니다. 육아와 살림에 매여 있다가 뒤늦게 공적 영역의 일을 하고자 호기롭게 나섰지만 돌아오는 건 거절뿐이었습니다.

처음 한두 번은 대범하게 넘겼지만 아무리 세상 문을 두드려도 냉담한 반응만 돌아오니 지치기 시작했어요. 시간은 자꾸 흐르고 나이는 들어가는데 아무 데서도 나를 안 받아줄 거라는 생각에 우울한 마음이 가득 차올랐습니다.

아이들은 제법 커서 비어 있는 시간은 늘어갔습니다. 빈 시간을 견딜 수 없어서 매일 글을 쓰기 시작했고 글이 꽤 쌓였을 때 새로운 폴더를 만들어 보관하면서 이름을 '벼랑 끝에서'로 지었습니다. 그렇게 '벼랑 끝에서' 폴더에 글이 쌓였고 이 폴더는 훗날 제가 작가로 성큼 올라서는 데 디딤돌이 되어 줬습니다.

　세 사람이 함께 책을 내자고 결정한 다음 각자 목차를 짜왔을 때 혼자 놀랐습니다. 은희 작가님 글의 목차 중 「벼랑 끝에서 날개를 편다」를 발견했을 때 오래전 남몰래 쓴 폴더명이 생각났습니다. 잔뜩 비장하지만, 그 결기에 비해 글은 보잘것없다는 생각이 들어 행여 누가 볼까, 눈에 띄지 않게 폴더를 숨겼습니다. 감춰뒀을지언정 폴더명을 바꾸고 싶지는 않았는데 세월이 흘러 그 구절을 다시 보니 기분이 이상했습니다.

　우리는 결국 만날 운명이었을까요? 흔한 통속 소설에나 나올 법한 대사지만 그 순간 조용히 그런 생각을 했습니다. 프리랜서 강사들은 대체로 결속력이 강하지 않은데 첫 만남에서부터 다들 허심탄회하게 자기 이야기를 털어놓았습니다. 어떻게 독서, 놀이, 대화법 강사가 되었는지 이야기보따리를 풀었는데 편안하게 나누었던 그 '수다'가 지나고 보니 출간의 밑거름이 되었다는 생각이 듭니다.

　세 사람 모두 육아의 구간에서 단절된 사회 경력을 다시 잇고 싶었던 간절함이 있었습니다. 아이 키우기도 분명히 너무나 소중한 '일'이 맞지만 가정을 벗어나 사회에서도 자신의 가능성을 펼쳐 보고 싶었습니다. 여느 엄마들처럼 아이들을 사랑했기에 좋은 엄마가 되고 싶은 바람도 컸습니다. 두 가지 일을 모두 잘하고 싶었지만, 쉬운 일이 아니었기에 우리는 막다른 골목 앞에 선 듯 자주 막막한 심정이 되었습니다.

이야기를 나눌수록 세 사람에게 겹치는 부분이 많다는 생각이 들었어요. 그 덕분일까요. 책을 쓰는 동안 서로의 마음에 가닿을 수 있었습니다. 서로 원고를 봐주면서 울고 웃던 시간은 그 자체로 우리가 성장하는 느낌이 드는 값진 시간이었습니다.

우리 마음이 이렇게 겹쳐지면서 한 뼘 더 성장할 수 있었던 것처럼 독자 여러분께도 이 책이 위안이 되면 좋겠습니다. 이렇게 저렇게 따라 하라는 명확한 솔루션을 제시하는 책은 아닐지도 모릅니다. 하지만 자신의 일을 찾겠다는 마음속 심지가 육아에 지쳐 꺼져가고 있었다면 이 책이 작은 불씨가 되어 줄 거예요.

제가 '벼랑 끝에서' 폴더에 조각난 꿈을 다시 모았던 것처럼 남몰래 원고나 이력서, 자기소개서를 폴더에 담았을 누군가가 포기하지 않고 폴더를 열어 뒷이야기를 이어가기를 바랍니다.

PART 1

읽는 엄마는 지치지 않는다
- 독서를 통해 세상으로!

은수

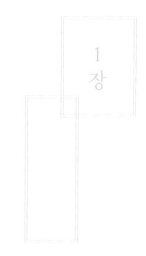

1
장

엄마라는 자리에서
우뚝 섭니다

엄마라는 자리에서

우뚝 섭니다

장

엄마에게 지금 필요한 것은
자기 계발보다 자기 긍정

작은애가 막 돌을 넘겼을 즈음이었을까요. 지인을 따라 다단계 회사 강의를 들으러 간 적이 있어요. 애들은 어린데 일은 하고 싶고, 일은 하고 싶은데 아이를 맡길 곳은 없고, 매일매일 아무도 상대해 주지 않는 링 위에서 혼자 싸우는 느낌으로 살던 시절이었습니다. 나이는 자꾸 들고, 이러다 영영 사회로 복귀하지 못하는 건 아닐까 두려웠습니다.

그때 한창 다단계에 빠진 지인이 불법적인 회사 아니고 탄탄한 기업이라며 강의 한번만 들어보라고 권했습니다. 분명 지금의 갑갑함이 해소될 거라고 강력하게 권유해서 약간의 기대를 품고 같이 갔습니다. 예전 같으면 시큰둥했겠지만 사회적인 영역에서 다시 일을 하는 것보다 중요한 게 없던 시절이라 따라나섰어요. 하지만 기대와 달리 강의 시작부터 불편했습니다.

"맨날 식탁 밑에 머리 넣고, 걸레로 바닥이나 닦는 궁상맞은 엄마 말고, 멋지게 차려입고 돈 버는 엄마가 돼 봅시다! 자기 계발의 시대잖아요. 남 탓, 세상 탓하며 약한 소리 하지 마세요. 이 일에 목숨 걸고 뛰어들어 보세요. 큰돈 벌면 여러분 차림새부터 달라져요. 돈 버는 엄마, 근사한 엄마! 아이들한테도 그게 교육이에요!"

　저는 하루에도 몇 번씩 '식탁 밑에 머리 넣고 바닥 닦는' 엄마였어요. 아이들이 수시로 흘리는 음식물을 바로바로 닦아야 했으니까요. 두 아이 혼자 키우며 바쁜 일상에 치여 백화점은커녕 인근 로드숍에도 차분하게 가 본 적이 언제였던가 싶었던 저는, 그날도 낡은 점퍼를 입고 행사에 갔었고요.
　제 일상이 저잣거리에서 아무렇게나 내뱉는 품격 없는 언어로 표현되는 것을 들으니 미간이 찌푸려졌습니다. 결국 끝까지 듣지 못하고 아이 하원 시간을 핑계로 일찍 돌아왔던 기억이 나네요. 집 가는 버스에서 바라본 흐릿한 하늘처럼 마음은 한없이 우울했습니다.
　저에겐 출산과 육아만큼 힘든 일이 없었어요. 살얼음판 같은 직장생활도 견뎠고, 논문 때문에 나 빼고 세상 사람들 모두가 행복해 보이던 대학원 시절도 지나왔지만 인생에서 만난 가장 높은 산은 육아였어요. 놀아달라고 쫓아다니는 첫째 달래주랴, 우는 젖먹이 돌보랴, 해본 적 없는 살림하랴, 주저앉아 울고 싶은 나날을 이를 악물고 버텼습니다. 그런데 순식간에 세상 탓하는 무능한 사람으로 누군가의 입에 이렇게 가볍게 오르내릴 수 있다니. 씁쓸했습니다.

—

세월이 흘러 그때 돌쟁이였던 작은애가 어느새 중학생이 되었습니다. 얼마 전 아이가 그런 말을 했어요. 사정이 생겨 학군지로 알려진 동네에 전학을 왔는데 낯선 환경을 겪은 아이는 이런저런 생각이 많아진 눈치였습니다.

"엄마, 난 중학생인데도 너무 늦은 걸까 가끔 초조했어. 주변 친구들도 선행 학습을 많이 했던데 내가 따라갈 수 있을지도 걱정되고. 학교 선생님들도 너희 이렇게 게으름 피우다간 고등학교 가서 공부 잘하기 어렵다고 막 그러는데 사실 겁났거든."

친구들도, 선생님도, 학교 분위기도 예전에 살던 자유로운 신도시와 많이 다른 탓에 아이가 조금 위축되었었나 봅니다. 슬그머니 걱정스러운 마음이 드는데 이어진 이야기는 상당히 희망적이었어요.

"근데 말이야, 세상은 이렇게 겁을 줘도 엄마를 보면 용기가 생길 때가 있어."

"엄마 보면서 용기를 얻는다고? 왜?"

"그렇잖아. 엄마는 나이가 마흔이 훨씬 넘었을 때 새롭게 작가를 하겠다고 그랬어. 고등학생이었던 언니가 엄마 진로는 그만 고민하고 자기 진로 좀 고민해 달라고 할 정도로 엄마는 진로 고민을 많이 했어."

"하하, 그랬지. 진로 고민은 평생 해도 끝나지 않는 것 같긴 하다."

"응, 근데 그 나이에 엄마가 또 글 써서 작가도 되고 강의도 하러 다니는 거 보니까, 내 인생은 앞으로 한참 남았는데, 난 그렇게 늦지 않을 수도 있겠다 싶었어."

"당연하지, 이제 열 몇 살이 늦긴 뭐가 늦어. 세상이 아무리 겁줘도 초조해할 필요 없어. 조금도 늦지 않았어."

"응, 어쩌면 길은 많을지도 모른다는 생각이 들어. 진심으로 말이야."

중년의 나이에도 꿈을 찾고자 노력하는 엄마를 보며 아이가 용기를 얻었다는 말에 뭉클했습니다. 일하고 싶은 마음에 다단계 행사에 따라나섰다가 상처만 받고 돌아왔던 흐린 날이 떠올랐습니다.

큰돈 버는 멋진 엄마와는 거리가 멀었던, 세상에 끼고 싶다며 여기저기 문 두드리는 초라한 모습이 꽤 길었던 것 같은데 아이는 다르게 기억하고 있었습니다. 거절당하면서도 끝끝내 포기하지 않는 엄마의 모습이 그 자체로 힘이 되었다고 말합니다. 언젠가 작가 북토크에서 저의 초창기 모습을 생각나게 하는 분이 있었어요.

"주부로서 느끼는 생활의 답답함, 그리고 그 반대편에는 나를 찾아가면서 느껴지는 죄책감이 있어요. 엄마의 역할과 나의 일, 모두를 잘하고 싶은데 현실에서는 무엇 하나 잘하지 못하고 있습니다. 체력과 시간도 항상 부족해서 결국 좋은 엄마도, 멋진 여성도 영원히 될 수 없을 것 같아요."

그분의 암담한 마음이 너무 짐작되어 손이라도 잡아주고 싶었습니다. 스테퍼니 스탈의 『빨래하는 페미니즘』에서 이런 문장이 나와요.

"출산과 육아가 나를 완전히 변화시켰다, 라는 말로는 어딘가 부족하다. '출산과 육아가 끊임없이 나를 시험하고 변화시킨다'라는 말이 훨씬 정확하다. 소설가 레이첼 커스크는 『생명의 작업』이라는 제목의 회고록에서 '어머니가 된 후, 아이들과 함께

하는 '나'는 결코 진정한 나 자신이 아니었다. 하지만 아이들과 함께하지 않는 '나' 또한 진정한 나 자신이 아니었다'라는 말을 남겼다. 어머니로서 우리는 이렇듯 분열된 상태로 사는 법을 배운다."

'분열된 상태로 사는 법'에서 저는 무릎을 쳤습니다. 우리가 이렇게 사는구나. 그렇게 사는 것이 바람직한가, 그렇지 않은가, 그런 논의와 별개로 현재 내가 어떤 위치에 처해 있는지 안다는 건 언제나 큰 위로가 됩니다. 병도 원인을 모를 때 막막하고 무서운 거지, 병원에 가서 정확한 진단을 받고 어디에 문제가 있다는 걸 알게 되면 걱정되는 한편으로 해결책도 보여서 한시름 놓게 되잖아요.

분열된 상태로 산다면 단번에 큰 성과를 내기는 어렵습니다. 이런 때일수록 숨을 고르고 노력하는 자신을 가만히 격려해 줘야 합니다. 부모들은 흔히 자식에게 대단히 성공한 모습을 보여줘야 인생 모범이 될 것이라고 생각하는 경향이 있어요. 그러나 아이들은 그런 선입견과 다른 반응을 보입니다.

출판사에 수없이 거절당하면서도 때론 부엌 식탁에 웅크리고 앉아서, 때론 아이 책상을 빌려서 글을 쓰는 뒷모습을 보여줬을 때 놀랍게도 아이 스스로 인생을 어떻게 살지 답을 찾아 나갔어요. 번번이 탈락하면서도 채용 공지가 뜨면 다시 이력서를 넣는 저를 보며 아이들은 인생에서 늦은 때란 없다는 깨달음을 얻었어요. 가끔은 아이들이 어른보다 더 본질을 잘 꿰뚫어 보는 것 같습니다.

 기울어진 운동장이 많이 바로 잡혔다 해도 여성이 엄마로서, 주부로서, 사회인으로서 모든 것을 두루 잘 해내기는 여전히 어렵습니다. 하지만 희망적이게도 분열적인 자아로 살아갈지언정, 오늘 하루를 충실히 채워가는 내 뒷모습을 보면서 아이들은 제 나름대로 배우고 성장합니다. 부모의 뒷모습을 보면서 크는 아이들의 생명력. 거꾸로 제가 배우는 기분이 듭니다. 지금 필요한 것은 자책에 가까운 자기 계발이 아니라 한 발 한 발 내딛는 자신을 다독여 줄 자기 긍정이라는 것을요.

2

봉사부터
시작해 보세요

우연한 기회에 출판 계통에 있는 분께 출간 컨설팅을 받은 적이 있습니다. 책도 내시고, 출간과 관련된 일도 하시는 분이라 출간 방향을 못 잡고 있던 터에 도움을 받고 싶어 문의드렸는데 흔쾌히 응해 주셨어요. 별도의 비용도 안 받으시고 출간 기획서를 꼼꼼히 검토하고 도움이 되는 말씀을 많이 해주셔서 너무 감사했습니다. 저보다 10년 이상 젊은 분 같았지만 인생에도 '내공'이 있어서 서열을 매긴다면 제가 한참 뒤였을 거예요.

그만큼 열정도, 노력도, 전략도 남달라 보이셨어요. 이렇다 할 학력이나 시쳇말로 '스펙'이 없었던 그분은 취직이 안 됐을 때 봉사 수준의 일부터 시작했다고 합니다. 거기에서부터 차츰 자신의 입지를 다져가기 시작한 것입니다.

작가 북토크나 글쓰기 수업에서, 다시 일하고 싶지만 아직 손 많이 가는 아이들을 두고 본격적으로 무언가를 준비하기도 어렵고 막막한 기분이 든다고 하소연하는 젊은 엄마들을 만납니다. 아이들 키우느라 바쁘고 정신없는 와중에도 사회로 다시 복귀하고 싶은 마음은 굴뚝같을 거예요. 하지만 육아로 오랜 공백이 있는 사람을 손들어 반기는 곳이 별로 없을 때 참 서글 프지요.

출생률 저하로 국가가 사라질 위기이니 출산이 애국이며 육 아는 신성한 일이라고 각종 매체에서 떠들지만 아이를 키우는 엄마 입장에서 가정과 일을 양립하도록 돕는 제도는 여전히 부 족하다고 느껴집니다. 출산한 여성을 홀대하는 취업 시장 풍토 도 그렇고요.

오래전 제가 다니던 직장에서 재택근무 번역가를 뽑은 적이 있습니다. 지금도 생각나요. 주뼛거리며 사무실 문을 노크하 던, 어딘지 유행이 한참 지난 듯한 정장을 입고 있던 나이 많은 지원자. 이력서를 흘긋 보니 40대 초반이었어요.

좋은 학교를 나와 좋은 직장을 다녔지만 육아로 오랜 공백이 생긴 이력서였습니다. 그녀가 나가자마자 팀장님이 테이블 위 에 무심하게 이력서를 던져 놓았고 누구도 다시 들춰보지 않았 습니다. 간절한 표정의 지원자가 낸 이력서는 그렇게 혼자 외로 이 테이블 위를 굴러다니다 사라져 버렸어요.

시간이 지나 제가 그 위치에 서 보니, 이력서를 아무도 눈여

겨보지 않을 때 그 분이 느꼈을 상실감과 모멸감 같은 것들이 충분히 짐작되더군요. 조만간 그 터널을 지나게 될 텐데 20대였던 그때는 예상하지 못했어요. 일하고 싶지만 막막하다고 하소연하는 젊은 엄마들을 보면서 세월이 이만큼 흘렀는데도 왜 아직도 이런 터널이 존재하는 걸까 안타깝습니다.

세상이 점진적으로 변하고 있다지만 시간은 우리를 기다려 주지 않으니 초조한 마음이 들기도 해요. 저도 하루하루 불안했는데 그때 저를 잡아준 말은 '급할수록 돌아가라'였습니다.

앞서 언급한 출판계에 계신 분도 봉사부터 차근차근 시작한 덕분에 지치지 않고 나갈 수 있었다고 생각해요. 처음부터 너무 완벽한 결과물을 추구하거나, 내 마음에 꼭 맞는 일을 하려 하면 아이들을 키우며, 가정 안팎에서 이렇다 할 지원도 못 받고 혼자 몸부림치는 주부 입장에서는 몇 걸음 못 가 지쳐 버리고 말 거예요. 작은 목표부터 조금씩 실행하며 숨 고르기를 할 필요가 있습니다.

실제로 제 수업을 받은 분 중에 아이들에게 동화책 읽기 봉사부터 시작해서, 글쓰기 수업과 독서 모임을 꾸준히 하고 독립출판으로 책을 내신 분이 있어요. 도서관 사서 선생님이 제게 강사를 추천해 달라고 부탁하셔서 이분을 추천했더니 이런 이력을 가진 분을 찾았다며 반갑게 도서관 강사로 채용해 주셨습니다. 봉사부터 시작한 관련 활동이 차곡차곡 이력서를 채워준 거예요.

오늘도 인터넷에 '일하고 싶은데 불러주는 곳이 없어요', '아직 아이들이 어려 일을 하고 싶어도 파트 타이머 일밖에 못 해요', 각종 사연이 올라옵니다. 사회적 지원도 필요하고 엄마에게만 가사와 육아를 맡기는 가정 분위기도 바뀌어야겠지만, 일단 나 자신이 먼저 지치지 않는 게 중요해요. 제풀에 지치는 일이 없도록, 오늘 이뤄낼 작은 목표를 잡아보고 꼭 실천해 보세요. 그리고 잠들기 전에 목표를 달성한 자신을 한껏 칭찬해 주세요.

3

사춘기 아이 키우며 힘들다면
잘 크고 있는 거예요

"저희 애는 사춘기 같은 거 전혀 없었어요! 너무 착하고 모범적이라서 그런 게 있는 줄도 모르고 지나갔어요."

"사춘기? 그거 다 핑계예요. 그냥 부모 말 듣기 싫고, 공부하기 싫어서 대는 핑계죠. 애가 사춘기 어쩌고저쩌고하면서 말대꾸하면 저는 갱년기가 사춘기보다 더 세니까 네가 나한테 이길 생각 말라고 호통쳐요. 사춘기 내세우며 애가 기어오를수록 부모가 더 세게 누르면 꼼짝 못 해요!"

자기 아이는 사춘기가 전혀 없었다거나, 득의양양하게 사춘기 아이를 꺾어 이겼노라 하는 분들을 종종 만납니다. 사춘기에 관한 책과 방송, 전문가의 조언은 차고 넘치지요. 그런데 우리는 사춘기 특성을 중학교 가정 시간, 고등학교 생물 시간에 이미 배웠어요. 가장 기본적이고 핵심적인 내용, '질풍노도의 시기'라는 걸 저뿐 아니라 대부분의 어른이 배웠습니다.

『10대 놀라운 뇌 불안한 뇌 아픈 뇌』의 저자 소아청소년정신과 김붕년 교수님은 다양한 프로그램에 출연해 사춘기 뇌의 특성을 알기 쉽게 설명해 주셨지요. 간단히 줄이면 사춘기에는 뇌의 전두엽에 변화가 오면서 조절 능력은 떨어지고 호르몬에 자극받은 편도핵 때문에 예민성은 극에 달한다는 겁니다. 이렇게 되면 이유 없는 불안과 분노가 몰려오기도 하는데 이때 부모가 통제와 억압 위주의 훈육을 하게 되면 뇌의 조절 능력이 오히려 무너져 내릴 수 있다고 경고합니다.

발달상 특성을 아는 데 그치지 않고, 내 아이에게 적용해서 아이 마음을 헤아려야 하지만 실전에서는 어렵게 느껴집니다. 어릴 때 고분고분하고 착했던 아이라면 부모 입장에서 배신감을 느낄 수도 있겠고요. 반대로 어릴 때부터 부모가 버겁게 느낀 아이였다면, '사춘기는 무슨! 애가 성질이 원래 나빠 그렇지!'라고 단정할 수도 있습니다.

이런 때일수록 '사춘기 아이가 나를 힘들게 한다면 잘 크고 있는 것'이라고 주문을 외울 필요가 있습니다. 어린 시절 부모 속을 전혀 썩이지 않고 너무 순종적으로 큰 어른은 부모의 안전한 울타리 안에서 겪었어야 할 성장통을 엉뚱한 곳에서 앓을 수 있어요. 차갑고 시린 사회에서 사춘기를 겪게 되면 곱절로 힘듭니다.

응당 부모한테 부렸어야 할 투정과 어리광을 번지수가 틀린 곳에서 부리다가 사회 적응이 어려워지기도 하고, 겉으로는 잘 지내는 듯하지만 누군가와 특별히 친밀한 관계가 되었을 때(연인이나 배우자 등) 상대에게 억눌린 분노를 다 쏟아내어 상대방이 뜻하지 않게 부모 노릇까지 떠안기도 합니다. 상대는 부모가 아니기에 결국 인연은 안 좋게 끝나기도 합니다.

내가 데리고 있을 동안, 내 말 잘 듣고, 내 위신 세워주고, 내가 어디 가서 자랑할 수 있는 자식이 되는 게 중요한 것이 아닙니다. 이 아이가 내 품을 떠났을 때 어떻게 살지를 생각해야 합니다.

제가 잠시 교편을 잡았을 때 무서운 엄마 앞에서는 꼼짝 못 하고, 대신 학교에서 친구들과 선생님에게 아무렇게나 횡포를 부렸던 아이가 생각나네요. 부모들은 '안에서 새는 바가지 밖에서도 샌다'라는 속담만 믿고, 집에서 꼼짝달싹 못 하게, 엄하게 단속하면 밖에서도 그럴 줄 아는데 시대 배경도, 성장 환경도 달라진 만큼 옛 속담이 늘 맞지는 않습니다.

과거보다 친밀한 관계가 많이 사라지고, 극심한 경쟁 관계 속에서 과제 달성의 압박이 심해진 청소년은 집에서라도 좀 편안해야 합니다. 그렇지 못하면, 결국 밖에서 그 스트레스와 분노를 풀게 됩니다. 그 학생의 어머니를 만나서 상담했던 적이 있습니다. 아이 상태에 대해 말씀드리자, 제가 하는 말을 좀처럼 믿지 못하시더군요. 집에서는 엄마한테 꼼짝 못 하고 순종적이라면서 정말로 자기 아이가 학교에서 그러냐고 되묻던 모습이 생각납니다.

정신과 의사 하지현 선생님의 저서 『엄마의 빈틈이 아이를 키운다』에서는 마녀 엄마에 대한 이야기가 나옵니다. 소아과 의사였다가 정신분석가가 되어 아이의 발달과 관련된 많은 이론을 만든 도널드 위니컷의 말을 인용하며 아이에게 지나치게 간섭하는 엄마, 자신이 아이보다 아이를 더 잘 안다고 생각하는 침입적인 엄마는 '동화 속 마녀'의 원형이라고 밝힙니다. 물론 이때 엄마는 주양육자를 뜻하는 것으로 시대가 변한 만큼 '아버지'가 마녀의 원형이 될 수도 있겠지요.

한창 뇌의 지각변동이 일어나는 청소년 시기 아이가 부모에게 일절 반항의 신호를 보이지 않고 200% 순종적이라면, 오히려 조금 우려스러운 상황일 수 있습니다. 마녀같이 너무 강하고 통제적인 부모 밑에서 아이가 눈치 보고 사느라 발달상 자연스레 보이게 되는 부정적 감정을 표현하지 못하는 것일 수 있으니까요.

아이의 성장 배경과 기질에 따라 표현 강도와 방식은 다르겠지만 청소년 시기에 부모와 갈등을 겪는 것은 자연스러운 일입니다. 아이가 부모에게서 독립하려는 준비 기간이니까요. 청소년이 되었는데도 유아기나 학령기 아이처럼 지나치게 고분고분하거나, 인생의 주도권을 잡으려는 시도가 전혀 없다면 무조건 반길 일은 아닐 수 있어요. 한번쯤 나와 자녀의 관계가 어떤지 점검이 필요합니다.

　예전에 부모교육 들으러 갔던 자리에서 한 강사님이, '부모가 많이 아프거나 힘들면 아이가 감히 부모에게 어떤 짜증도 못 부리고 반항도 못 합니다. 지금 내 아이가 나에게 짜증 부리고 말대꾸하는 건, 아, 그래도 내가 많이 약해 보이지는 않는구나, 부모를 믿고 저러는구나, 이렇게 생각하세요'라고 했습니다.

　사춘기 아이에게도 적절한 훈육과 한계 설정은 필요하지만 정말로 심각하게 선을 넘는 비행이 아니라면 부모가 받아주는 편이 아이의 성장을 위해서도, 부모의 정신 건강을 위해서도 한결 낫습니다.

　사춘기 초입부터 아이를 꺾으려고 사사건건 부딪치면 지옥 같은 10년이 열리고, 결국 아이도 부모도 상처로 너덜너덜해집니다. 그런 채로 성인이 되어 세상에 나가면 아이는 아이대로 성장이 끝나지 않은 상태라 힘들고, 부모는 부모대로 이렇게 떠나보낼 자식한테 못 해준 것만 생각나 후회로 사무칠 겁니다.

그러니 청소년 키우는 부모님들, 지금 속상하고 힘들다면 '우리 애 잘 크고 있구나'라고 확신하셔도 됩니다. 이 터널을 무사히 지나고 나면 한 뼘 자란 아이 곁에, 한층 성숙한 부모가 된 나 자신도 서 있을 거예요.

4

아이는 방해자가
아니라 조력자

"엄마, 최은영 작가의 작품들 있지? 내가 요즘 읽고 있는데 너무 재밌어."

"아 그래? 신작은 내 취향은 아닐지 몰라서 긴가민가하고 있었는데, 네가 추천한다면 챙겨서 다 읽어봐야겠네."

"응, 신작도 좋을 것 같아. 『내게 무해한 사람』 단편들 읽다 보면 그런 생각이 들어. 미성숙한 젊은 시절을 지나온, 좀 더 나이든 화자가 그 시절에 대한 기록을 세세히 남긴 것 같은 느낌? 미성숙했기에 실수도 하고 방황도 한다고. 나는 바로 그 미성숙한 시절을 현재형으로 통과하고 있는 사람이라서 뭔가 위로가 돼."

"그래? 작품도 좋지만 네 감상도 되게 신선하고 좋다. 엄마와 느끼는 게 또 달라서 20대 청년들은 이 작품을 어떻게 느낄지 생각하게 돼."

성인이 된 큰아이와는 서로 책을 추천하는 사이입니다. 책 한 권을 두고 이야기를 나누다 보면 어느새 둘만의 작은 독서 모임이 됩니다. 아이는 여러모로 최상의 독서 동료입니다. 일단 책을 좋아하고 즐겨 읽는다는 공통분모를 지녔고, 그간의 독서 이력 덕분에 좋은 책과 나쁜 책을 가늠하는 눈이 아이에게도 제법 있습니다. 엄마가 어떤 책을 좋아하고 어떤 책을 싫어하는지, 저에 대한 정보도 풍부합니다. 겹치는 부분이 있는가 하면, 연령대와 생활 반경이 달라서 제가 미처 읽을 생각을 못 했던 책을 권하기도 해요.

아이가 어릴 때는 뭐든지 일일이 알려 줘야 해서 가끔은 답답하기도 하고 같은 말을 반복하다 보면 슬그머니 짜증도 올라왔지요. 특히 많이 놀아준 것 같은데 또 놀아달라고 칭얼대면 화도 났습니다. 그런데 생각보다 순식간이에요. 애들이 나를 앞지르는 순간이 성큼 옵니다. 애들이 '저와 놀아주는' 뒤바뀐 공기를 느끼게 되는 시점이 생각보다 빨리 옵니다.

큰아이가 예닐곱 살 때쯤이었을까요. 동생 차지인 엄마가 '언제 나에게 와서 책도 읽어주고 놀아줄까' 하며 기다리던 눈빛이 그때는 부담스럽고 힘들게 느껴졌어요. 아침에 정신없이 두 아이 유치원 보내고 집 치우랴, 장보고 반찬 하랴, 잠깐 쉴 틈도 없이 하원한 애들 간식 먹이면 어느새 오후입니다. 잠깐 숨 좀 돌리려는데 아이가 놀아달라고 하면 "엄마는 언제 쉬라는 거니?"라며 은근히 짜증도 냈습니다. (엄마도 쉬어야 하니 놀아주기 힘들다고 잘 타이르면 될 걸 대뜸 화부터 냈네요.)

육아 프로그램에서 아이들이 속마음 말하는 코너를 요즘도 종종 보는데요, 하나같이 "엄마랑 놀고 싶어요", "엄마가 제일 좋아요"라고 말하는 장면을 보면 코끝이 찡해집니다. 아이에게 엄마는 그야말로 우주고, 한없이 좋고, 마냥 같이 있고 싶은 존재인데 내 몸이 고단하다는 이유로 야멸차게 밀어냈던 오래전 순간들이 미안해집니다. 유치원에서도 엄마 생각이 많이 났다는 정 많은 아이. 집에 왔을 때 꽉 안아주고 다독여줬다면 안심한 아이가 칭얼대지 않았을 텐데, 서툰 초보 엄마는 아이 마음을 제대로 헤아리지 못해 다정한 말 한마디에 인색했습니다.

돌이켜보면 일을 하고 싶은 마음은 굴뚝같은데 딱히 방법이 없다는 생각에 마음의 여유가 없었던 것 같습니다. 주변을 보면 저와 같은 전업주부였다가도 친정 엄마가 애들을 봐주게 되었다며 직장에 나가는 사람도 있었고, 다른 지역에 직장을 구했다며 남편과 주말부부를 하기로 하고 이사 가는 사람도 있었어요. 시부모님이 애들을 봐줘서 대학원에 진학해 공부 중이라는 사람까지 참 다양하게 자기 진로를 모색하고 움직이는데 나는 뭐

하는 건가, 자꾸 어깨가 처졌습니다.

돌파구를 찾고 싶어 고민하던 차에 공공 기관에서 하는 독서 지도사 자격증 과정을 보고 눈이 번쩍 뜨였습니다. 집에서도 가깝고 시간대도 오전이라서 부지런히 움직이면 아이들 하원 전에 얼른 다녀와 집안일도 할 수 있을 것 같았어요. 설레는 마음으로 첫날 수업에 갔더니 연단에 선 선생님이 새하얀 눈사람이 나오는 동화책을 펼치며 설명을 시작하셨습니다.

아침 볕이 스며드는 강의실. 창문 모양대로 앞사람의 등에 네모난 햇빛이 내려앉았습니다. 선생님이 나긋나긋한 목소리로 동화책을 읽고 설명해 주시는데 마치 눈 온 다음 날, 아무도 밟지 않은 소복한 눈길을 내가 처음 걸을 때처럼 가슴이 두근거렸어요. 작은 시작일 뿐이지만 동화책 수업은 제게 활력을 주었습니다.

수업을 마치고 돌아와 부리나케 집을 치우고 간식을 준비한 다음 하원하는 아이들을 맞았습니다. 분명히 평소보다 더 바빴는데 마음이 신나니까 몸 힘든 것은 잊게 되더군요. 아이들한테 오늘 엄마가 배운 그림책 이야기를 해주니 두 아이가 넋을 잃고 재미있게 듣습니다. "엄마, 너무 재미있어! 또 해줘!"라고 아이가 재촉을 해도 신기하게 짜증이 나지 않습니다. 동화구연 대회라도 나가는 사람처럼 최대한 실감 나게 동화책 속 주인공을 흉

내 내며 이야기를 이어갑니다.

　작은 시도였지만 현재 내가 할 수 있으면서 오래전부터 좋아했던 일을 하는 데서 오는 만족감은 컸습니다. 도달할 수 있을지 알 수 없는 큰 목표 앞에서 안절부절못하는 대신, 자잘하게 나눈 목표를 두고 하나씩 이뤄나감으로써 단단해지는 자신을 발견하게 되었습니다.

　『돌봄과 작업』은 아이 돌봄과 커리어라는, 서로 대립 항으로 인식되는 두 가지를 자기만의 방식으로 끌어안은 여성들의 이야기를 담은 에세이입니다. 이 책에서 과학기술학 연구자인 임소연 작가는 '타협'의 중요성을 강조합니다. 문제투성이 결혼제도 하에서 아이를 키우며 일하기 위해서는 여러 가지 측면에서 적절한 타협이 필요하다는 거예요. (장기적으로는 제도와 양육 환경 개선에 관심을 둬야 하겠지만요.)

　동화책 수업을 들떠서 다녔던 시절을 떠올리면 무척 공감이 가는 말입니다. 제 나름대로 타협이 필요한 나날이었습니다. 아이들을 맡길 사람이 없어 당장 전일제 일을 하기는 어려워도, 이웃 누군가처럼 대학원에 진학하지는 못해도, 공부해 봤자 얻는 건 취업에 크게 쓸모가 없을지 모르는 민간 자격증이었다 해도, 배우고 성장하는 나날은 삶을 향한 의욕을 일깨웠습니다.

그 뒤로도 독서지도사 심화 과정을 배웠는데 아이들과 이때부터 자연스럽게 '책 수다'를 나누게 된 것 같습니다. 반짝반짝 눈을 빛내며 엄마가 해주는 책 이야기를 듣던 아이들 덕분에 더 흥이 나서 독서 지도 공부도 꾸준히 했지요.

　그때는 제가 책의 줄거리를 아이 눈높이에 맞춰 흥미롭게 재구성해서 이야기해줬는데, 지금은 그 아이가 훌쩍 커서 저에게 책 읽은 소감을 말하고 일독을 권합니다. 돌아보니 아이가 제 일에 관해서 방해자보다는 조력자였던 시간이 훨씬 더 길었습니다.

5

아이 친구 엄마는
시절 인연

얼마 전 그런 글을 읽었습니다. 놀이터에서 아이 친구 엄마들과 친해지려 노력했지만 아무도 관심을 주지 않아 서글펐다고, 한 엄마가 글을 쓰셨더군요. 어떤 상황인지 충분히 상상이 됐습니다. 저 또한 그랬거든요.

서너 살 아이랑 아무리 알차고 즐겁게 하루를 보내도 '어른 사람'하고 말하지 못하는 데서 오는 답답함과 갈증은 잦아들기는커녕 해를 거듭할수록 더 심해졌습니다. 놀이터에서 삼삼오오 모여서 까르르까르르 웃으며 이야기를 나누는 엄마들을 보면 저분들은 어떻게 해서 인연을 맺게 된 걸까 궁금하고 거기에 끼고 싶은 마음이 들었습니다.

일면식도 없던 엄마들 중 어떤 사람들이 서로 모여 친구가 되는 건지 저는 아직도 잘 모릅니다. 아무래도 상대방에 대한 정보가 없으니 인상이 좋거나 옷차림이 세련되면 유리하지 않았을까 생각은 들어요. 말주변이 좋은 것도 한몫할 거고요. 그 어느 것도 갖추지 못했던 제가 놀이터에서 우연히 만난 엄마들과 자연스레 친해지긴 어려웠을 것 같습니다.

그때 주변 엄마들과 사이가 돈독했던 친척 언니가 참 부러웠습니다. 언니는 저와 달리 인상도 서글서글하고 누구에게나 친절하고 싹싹했거든요. 아이 친구 엄마들하고 무척 친해져서 방학 때는 해외에 레지던스 빌을 빌려서 여러 가족이 한두 달 같이 지내기도 했어요. 아이들은 캠프에 보내고 엄마들은 쇼핑하러 다닌다 하니 딱히 차 한 잔 마실 엄마들도 별로 없던 저에겐 별세상 같은 이야기였지요.

이웃집 엄마도 부러운 사람이었어요. 중학생인 큰애가 공부를 무척 잘해서인지 그 집에는 엄마표 학습 노하우를 배우려는 엄마들 발길이 끊이지 않았습니다. 오전에 아이를 유치원에 보내고 돌아오는 길에 잘 차려입은 이웃집 엄마를 종종 만났지요. 오늘도 누가 브런치 카페에 가자고 했다면서 총총걸음으로 사라지는 뒷모습을 보고 있자면 아무도 불러주지 않는 제가 처량하게 느껴지기도 했어요.

세월이 흘러 아이들을 웬만큼 키우고 나서 제 취향에 맞는 독서 모임에 들어가게 됐어요. 아이들 어릴 때는 몸은 늘 바쁜데 마음은 무료하고 지루하잖아요? 독서 모임은 그간의 단조로운 일상을 다 보상해 주는 것처럼 큰 만족감을 줬습니다.

그리고 4~5년간 회원들과 함께 읽고 토론한 책이 100권을 넘어가게 되면서 쓰고 싶은 마음이 생기더라고요. 원래 문학소녀였지만 대학 졸업 후 직장에 다니면서는 제가 속한 조직의 목적에 맞는 글을 주로 썼기에 '나를 표현하는 글쓰기' 같은 데서 한참 멀어졌었는데, 마음 깊은 곳에서 다시 작은 목소리가 들리기 시작했습니다. 이제는 쓰고 싶다고.

돌이켜보면 글쓰기는 작고 연약한 것에서 시작하는 것 같습니다. 일상에서 만나는 사소한 장면들에서요. 머리에 쓴 반짝이 왕관이 세찬 바람에 날아갈까 봐 꽉 부여잡은 아이의 작은 손이나, 갈라진 콘크리트 틈 사이에서 가까스로 싹을 틔우고 몸을 쑥 뺀 민들레꽃, 혹은 가게 귀퉁이에서 혼자 천천히 돌아가는 조그만 오르골 같은 것들요. 독자에서 작가로 옮겨가는 데에는 이 작은 순간들이 큰 역할을 했어요.

한때는 사람을 쉽게 사귀지 못하고 마이너한 감성을 지닌 데다, 사회 흐름에 순응적으로 따라가기보다는 비판적인 시선을 지닌 내가 불만스러웠는데 '읽고 쓰는 삶'을 살다 보니 그게 저의 강점이 되더라고요.

글은 매끄럽고 순조로운 일상이 아니라 삶의 균열이 미세하게 생기는 지점에서 시작될 때가 많습니다. 실용서나 자기 계발서를 쓰는 게 아니라면 우린 잘 먹고 잘사는 편안한 일상을 굳이 글로 남기지 않습니다.

둘째까지 키우면서 저도 아이 친구 엄마들과 어울릴 기회가 가끔 있었습니다. 친척 언니처럼 외국은 아니지만 아이 친구 엄마들과 어울려 휴양림에도 놀러 가고 스키장에도 가고 제법 재미있게 지냈지요. 친밀감도 쌓고 좋은 추억도 만들었으니 그 나름대로 의미가 있지만 지금 그 인연 중에 남은 사람은 별로 없습니다.

해외에서 장기간 같이 머무를 정도로 이웃 엄마들과 친했던 친척 언니 또한 이제 아이가 대학생이 되었는데, 그때 어울렸던 엄마들과는 이사하면서 연락이 거의 끊겼다고 합니다. 제가 부러워했던 이웃집 엄마도 아이를 대학에 보낸 이후엔, 그렇게 하루가 멀다고 브런치 카페에 무리 지어 가던 엄마들하고 왕래하지 않는다고 합니다.

아이 친구 엄마들과 맺는 인연은 다 쓸데없다고 말하는 건 아닙니다. 저도 그 시절에는 그 인연에 충실했어요. 함께 울고 웃으며 만든 장면도 좋았습니다. 그러나 지나고 보니 혹여 그 장면들이 좀 덜 만들어졌다 해도 크게 상관은 없었을 거라는 생각이 들어요. 오히려 그 장면을 만들지 못하고 고독하게 지낸 시간에 읽었던 책이 내 곁에 더 오래 남더라고요.

아이 어릴 땐 관계가 단절되는 게 힘들죠. 친한 친구가 있어도 멀리 살면 보기 어렵고, 아이 없는 지인을 만나면 왠지 민폐 끼치는 것 같아서 그것도 꺼려지고요. 그래서 비슷한 처지고 쉽게 만날 수 있는 동네 엄마들과 어울리고 싶은 마음이 간절해집니다.

그게 수월하게 되면 좋겠지만 혹시 잘 안 되더라도 너무 상심할 필요는 없다고 생각합니다. 그 시간에 나랑 좀 더 친해지면 되거든요. 내가 나랑 친하면 인생이 꽤 든든해집니다. 그러다 보면 아이를 중심으로 맺는 관계가 아니라 나한테 맞는 인연이나 모임도 찾게 되고요.

놀이터에서 소복이 모여 어울리는 엄마들 무리에 끼지 못하고 오늘도 신발 끝만 보고 있는 자신이 가엾게 느껴지는 초보 엄마가 계실까요? 이 글에서 마음을 다잡을 작은 힌트를 얻으시면 좋겠습니다.

6

고3 엄마가
영어 학원에 다니는 이유

친하게 지내던 동네 엄마였어요. 한동안 소식이 없다가 오랜만에 연락이 닿았는데 영어 학원에 다닌다기에 재취업을 준비하느냐고 물었더니 돌아온 대답이 의외였습니다.

"아니, 우리 애가 고3이잖아? 애한테 관심 끊으려고. 그게 나도 살고, 애도 사는 길이야."

들어보니 아이 역량은 우수했지만 부모나 선생님 의도에 순응적으로 따라오는 유형은 아니라서 자꾸 부딪혔다고 합니다. 이분이 아이를 두고 자신이 더 고집을 부리다가는 아이의 공부는 둘째 치고, 부모 자녀 관계도 나빠질 것 같아서 일보 후퇴를 하고자 본인이 영어 학원에 다니기 시작했다는 거예요.

유아나 초등 저학년이라면 공부 습관 잡아주는 게 필요할지 모르지만, 내일모레면 성인인 아이들을 두고 부모가 훈계하고 다그쳐 봐야 소용도 없고 사이만 나빠질 걸 아니까 선택한 차선책이었지요. 자기 색깔이 분명한 아이에게 부모가 이렇게 한발 물러주는 전략이 효과가 있었는지, 아이는 이것저것 시도하며 고민하다가 우여곡절 끝에 원하는 공부를 할 수 있는 대학에 잘 진학했고 지금까지 부모랑 사이도 좋습니다.

독서 교육이 강조되면서 자기 아이를 반드시 독서를 잘하는 아이로 만들겠다고 의욕을 앞세우는 부모님을 종종 봅니다. 독서 영재란 말이 유행처럼 번지면서 영재가 되어야 하는 또 하나의 분야가 생겼고요. 그러나 독서가 강제로 이끌어서 될 수 있는 분야일까요? 최재천 교수님이 '공부란 아이를 가르쳐서 무언가를 하게 만드는 것이 아니라, 아이 스스로 세상을 보고 습득하도록 어른이 환경을 조성해 주는 것'이라고 하셨는데 독서도 마찬가지라고 생각합니다.

적절한 독서 경험을 할 수 있도록 어른이 돕는 것이 중요한데 앞서 언급한 사례처럼 부모가 아이 인생에서 잠시 퇴장하는 것도 '환경 조성'을 위해 필요한 경우가 있습니다. 가끔 아이 인생과 자신의 인생을 구분하지 못하고, 끝끝내 아이 인생에서 주인공 노릇을 하려는 부모님을 만나게 되는데 조금 안타깝습니다.

두 사람에게 예정된 결말이 그렇게 행복한 그림이 아닐 것이라고 우리 예상할 수 있지 않나요? 남의 인생을 볼 때는 명백하게 보이는 결말이 내 인생으로 오면 이상하게 보이지 않는 법입니다. 무리하게 빚을 내 부동산 투자에 뛰어들거나, 퇴직금을 모두 털어 주식을 사는 행동 같이 남이 할 때는 백 번 천 번 위험한 일이 내가 할 때는 이상한 가능성을 보며 왠지 될 것 같은 환상에 사로잡힌다는 이야기를 한다면, 자식 키우는 숭고한 일을 경박하게 돈 버는 일에 견준다고 하실까요?

우린 일상생활에서 누군가 좋은 대학에 가면 그 부모에게 '자식 농사 잘 지었다'라는 말을 건네기도 하지요. 덕담인 것 같은 이 말이 왜 불편할까 생각해 봤는데 〈원더우먼〉이라는 드라마에서 강미나 역을 맡은 배우가 시아버지에게 건네는 대사에서 이유를 알았어요.

그녀가 시아버지한테 "아니, 자식 농사 자식 농사하니까 자식이 무슨 진짜 오이나 호박쯤 되는 줄 아세요? 올해 농사 망치면 내년에 다른 걸로 심으면 되는 뭐 그런 겁니까?"라고 당차게 대꾸하는 장면이 나옵니다. '자식 농사 잘 지었다'라는 말에는 '자식이 잘 됐다', '자식을 망쳤다'처럼 사회가 정해놓은 기준에 따라 한 사람을 대상화하고 평가하는 전제가 있어서 썩 달갑게 들리지 않았나 봅니다.

자식은 내 기준에 따라 잘되거나 망쳐지는 존재가 아니라, 그저 나와 20년을 잘 살고 떠나보내면 되는 존재라는 걸 잊지 말아야 합니다. 그 아이가 성인이 될 때까지 적절한 돌봄과 교육 환경을 제공해 줄 수 있지만 내 역할은 딱 거기까지입니다. 독서 교육도 마찬가지로 좋은 독서 환경을 제공해줘야 할 때도 있고, 그런 거 저런 거 필요 없이 내가 잠시 자식 인생에 여백을 남겨야 하는 순간도 옵니다.

책을 싫어하고 스마트폰에 집착하는 아이가 미워 죽겠다는 부모님의 이야기를 듣다 보면, 부모님 자신부터 모든 관심이 아이가 스마트폰을 쓰느냐, 안 쓰느냐에만 집중되어 있어요. 지금 아이가 무슨 고민을 하고, 친구 관계는 어떻고, 학교 생활은 어떻게 하는지, 가정 내에서 부모나 형제 사이에서 갈등은 없는지, 이런 건 하나도 안 보이는 겁니다.

자신이 이런 상태라면 아이를 위한다는 핑계로 집착하고 혼내는 것을 잠시 멈추고, 차라리 위에 나온 영어 학원에 다니는 엄마처럼 자기 일에 집중하는 것도 방법입니다.

정말로 어른의 개입이 필요한 심각한 상황이 아니라면요. 학교 폭력이나 심각한 학습 결손, 인지 장애, 우울증 등 어른의 개입과 의료적 조치가 필요한 상황에 이른 게 아니라면, 거리 두기를 하는 게 낫습니다. 부모가 거리를 두고 인내심을 갖고 기다리면 아이들은 대체로 돌아옵니다. 아이들도 자기 인생이 제일 애틋하거든요. 자기 인생이 아무렇게나 망가지기를 바라는 아이들은 없어요. 생각만큼 행동이 잘 안 따라서 본인도 답답한 건데 이때 으박지르고 비난해 봐야 더 자포자기 심정이 될 뿐이에요.

부모가 아이와 함께 차근히 방법을 찾을 마음의 여유가 없는 상태라면, 차라리 캘리그라피든, 취미 미술이든, 영어 회화든, 내 시간을 즐겁게 보낼 수 있는 커리큘럼을 짜보는 게 어떨까요.

7

좋은 부모가 될
필요는 없는데요

얼마 전 예능 프로그램에 나온 정신과 조선미 교수님이 '좋은 부모가 될 필요는 없다. 그냥 부모가 되면 좋은 거다. 부모란 좋은 존재니까'라고 말씀하셨어요.

과도하게 좋은 부모가 되려는 노력 때문에, 너무 잘 키우려는 욕심 때문에, 외려 제대로 된 육아를 할 수 없다는 말씀이지요. 공감이 가는 이야기인데 이때 중요한 전제가 있습니다. 부모가 되는 것만으로 충분한데 그 이전에 성숙한 어른은 되어 있어야 한다는 거예요.

한번은 그런 일이 있었어요. 초등학교 학부모를 대상으로 독서 교육을 하러 갔는데요, 강의 시작한 지 한참 후에야 한 분이 늦게 들어오시더라고요. 바쁜 일이 있으셔서 늦으셨나 보다 했는데, 부산스럽게 앞자리에 앉으시더니 강의 내내 고개가 푹푹 꺾이면서 졸고 계시는 거예요. 너무 눈에 띄는 자리에 앉으셨는데 당황스럽더군요.

내 강의가 재미가 없나? 시청각 자료가 눈에 안 들어오나? 아니, 어젯밤에 못 주무셨나? 그분을 제외한 나머지 분들이 다들 초롱초롱한 눈으로 연신 고개를 끄덕이며 듣고 있었지만, 연단에 선 사람은 집중하는 아홉 사람보다 집중하지 못하는 한 사람이 신경 쓰이는 법이라 그분이 자꾸 의식되어 강의에 분심이 생기더군요. 그러다 이런 때일수록 나한테 집중하는 사람만 쳐다보자고 마음을 다잡고 그날 강의는 그럭저럭 잘 마쳤습니다.

마무리 소감을 발표하고 싶은 분이 있냐고 했더니 한 분은 '종일 들으라 해도 무조건 들을 만큼 너무 재미있었고 도움이 되었다'라며 진심으로 고맙다고 덧붙이셨어요. 그런데 강의 도중 내내 졸았던 분이 대뜸 말씀하시는 거예요. '요즘 아이랑 사이도 안 좋아지고, 아이가 스마트폰만 해서 고민이 많다. 그래서 없는 시간 쪼개서 힘들게 왔다. 어제 잠도 못 자서 사실 너무 졸렸다. 답을 찾았다는 기분은 안 들고 가슴이 답답하다'라고 하셨습니다.

그분이 너무 눈에 띄는 자리에 앉아 고개를 푹푹 떨구며 조셨기에 모두 의아한 표정으로 그분을 쳐다봤습니다. 강의를 듣지도 않으면서 무슨 이야기인가 싶은 거지요. 저도 무슨 말을 해야 할지 좀 막막한 기분이 들었습니다. 하지만 일상에 쫓겨 강의를 귀담아들을 여유가 없는 분일지 모른다고 생각했어요. 최대한 그분의 사정과 상황을 헤아리며 아이를 너무 부정적으로 보기 시작하면 적절한 육아 전략이 오히려 떠오르지 않을 수 있다고 잘 말씀드렸습니다.

 강의실을 나서니 운동장에서 아이들이 햇빛을 등지고 참 해맑게 뛰어놀고 있었어요. 문득 그런 생각이 들었습니다. 강의할 때 면전에서 한 분이 졸았을 때 '무슨 사정이 있어서 전날 못 주무셨나?', '내 강의 흐름에 문제가 있는 건 아닌가?'라는 생각을 먼저 했어요. 보통 어른이 그러면 대뜸 상대를 비난하지는 않습니다. 반면에 아이들한테는 어떤가요. 수업 시간에 아이들이 졸면 어른들은 일단 나무랍니다. 그 아이가 무슨 사정이 있어서 잠을 설쳤는지, 혹시 무엇에 집중하기 어려운 상황은 아닌지, 최근에 학습 의욕을 잃을 만한 사건이 있던 건 아닌지, 충분히 헤아려 주지 않아요.
 아이보다 성인이 자제력과 인내심이 더 높은 위치에 있으니 수업 시간에 조는 아이와 어른을 두고 굳이 잘못의 무게를 따지자면 어른이 더 잘못한 거 아닐까 싶은데, 성인한테는 너그러우면서 정작 아이들한테는 어른들이 야박하게 군다는 생각이 들더군요.

조선미 선생님 말씀대로 대단히 좋은 부모가 될 필요는 없는데요, 상식적인 어른은 되어야겠지요. 그저 아이라는 이유로 즉각적인 비난을 하며 몰아세우는 것을 교육이라고 착각하지는 말아야겠지요.

아이들도 어른과 마찬가지로 다양한 감정을 지닌 존재입니다. 어른보다 감정을 처리하고 문제 상황에 대처하는 능력은 떨어지고요. 더 자세한 안내와 세심한 배려가 필요한 이유입니다. 규율과 규범을 익히는 것도 중요하지만 어른한테 하는 것보다 더 야멸차게 할 것까지는 없습니다. 다 배운 어른보다 덜 배운 아이들이 서툰 건 당연하잖아요.

아이들 입장에서는 너무 높은 기준으로 느껴지는 완벽한 모습을 단박에 갖추라고, 아이라는 이유로 어른들이 쉽게 채근하고 있는 건 아닌지 돌아봐야 합니다. 완벽한 부모가 될 수도 없고, 그렇게 될 필요도 없잖아요? 아이들도 마찬가지예요. 어른의 기준을 다 만족시키기는 어려워요.

그저 노력하는 부모가 있을 뿐이고 아이와 손잡고 함께 가는 부모가 있을 뿐입니다. 저마다 크느라 애쓰고 있는, 아직 완성되지 않았지만 그래서 더욱 소중하고 예쁜 아이들이 있을 뿐입니다.

8

재취업을 묻는
당신에게

"전업주부인데 애들이 좀 커서 이제는 일을 하고 싶습니다. 그러나 불러주는 곳도 없고 뭘 해야 할지도 모르겠어요"라며 답답한 심정을 토로하는 글이 오늘도 온라인 카페에 올라옵니다. 애들 어느 정도 키워놓고 저도 미치도록 일하고 싶었어요. 경제적인 활동을 하고 싶은 것도 있었지만 주부의 삶이 저에겐 썩 맞지 않았거든요. 물론 주부를 재미나게 하는 분도 있습니다.

라문숙 작가의 『전업주부입니다만』은 주부의 소소한 일상에서 건져 올린 깨달음을 담백하고도 아름다운 언어로 그려낸 에세이입니다. 작가는 밋밋해 보일지 모르는 전업주부의 일상을 생생하게 그려내는데, 책을 읽다 보면 그가 요리와 살림, 식구들을 챙기고 돌보는 일에 애정이 많다는 것을 짐작하게 됩니다.

전업주부를 향한 사회적 시선은 여전히 야박하지만 주부의 일과를 기꺼이 사랑하고 즐기는 분들이 제 주변에도 계세요. 문제는 저는 그런 사람이 아니었단 거예요. 연고도 없는 타지에서 정신없이 애들 키우고 나니 거대한 공허가 매일매일 저를 짓눌렀습니다. 애들은 너무 사랑스럽고 예뻤지만 애들의 삶은 애들 것이니 제 삶도 이제는 찾고 싶어졌지요.

그때 여기저기 얼마나 원서를 내고 다녔는지 모릅니다. 동네의 작은 학원에 이력서를 내러 갔다가 "나이가 좀 많으셔서요"라는 문전박대를 당하고 집에 오는 길이 참으로 멀고 힘들었습니다. 기껏해야 마흔 좀 넘겼는데 작은 학원에서도 나를 안 받아주다니, 이제 나는 아무 데도 갈 곳이 없는 건가. 맨날 출생률 낮다고, 국가 소멸 위기라고 그러면서 육아에 열심이었던 사람을 이렇게 홀대하는데 그 누가 애를 낳고 싶을까. 속상했습니다.

재취업이 쉽지는 않아요. 그런데 안 되는 것도 아닙니다. 동네의 영세한 학원에서도 거부당한 제가 지금은 작가도 되고 다양한 공공기관에서 강사로 일하는 걸 생각하면 그때 포기하지 않았던 게 참 다행이라는 생각도 듭니다. 작가라도 실질적인 수입은 많지 않고 프리랜서 강사란 직함 또한 특별한 명예가 있다고 보기도 어렵습니다. 그러나 일이 재미있고 보람을 많이 느껴서 남들이 말하는 좋은 직장에 다니던 시절보다 개인적인 만족감은 오히려 더 높습니다.

인생 후반전 일자리를 찾을 때는 세 가지가 필요합니다. 너무 곤궁해서 급박하게 아무 데나 들어가야 하는 게 아니라면 첫째로 시간적, 경제적 투자가 필요합니다. 재교육이나 자격증 과정을 잘 찾아보시면 좋겠어요. 관련 봉사활동이라도 꾸준히 하시는 걸 추천하고요. 기존 경력이랑 아무 상관 없는 프로그램 말고, 되도록 내 전공이나 경력과 조금이라도 관련성이 있는 재교육 과정을 수료하고 활동을 하는 게 좋습니다.

둘째로 기왕에 하는 재취업이라면, 내가 정말 좋아하고, 즐기고, 재능 있는 일로 목표를 잡는 게 바람직합니다. 당장 취직이 안 되더라도 기다릴 수 있거든요. 저 또한 중년의 나이에 작가의 길, 강사의 길에 뛰어들었는데 처음에는 쉽지 않았습니다. 무명 작가의 투고를 반기는 출판사도 없고 이력이 빈약한 강사를 환영하는 기관도 드물었습니다. 거절당해도 수없이 문을 두드리고 또 두드렸는데 좋아하는 일이었기 때문에 버틸 수 있었습니다.

기다림은 무의미하지 않습니다. 수없이 많은 출간 기획서를 쓰다 새로운 집필 아이디어가 떠오르기도 했고, 수많은 채용 공지를 뒤지고 강의 제안서를 작성하면서 수업 윤곽이 더 뚜렷해지기도 했습니다. 거절에 지쳐서 흔들릴 때쯤 장난꾸러기 같은 인생이 호의를 베풀기도 하고요.

도서관을 비롯한 여러 기관에서는 작가에게 먼저 강의 제안을 합니다. 저도 제안을 종종 받습니다. 그러나 저같이 작은 작가에게 기회가 넘치게 많지는 않습니다. 에세이 작가로 글을 쓰는 일상을 지키면서 독서 교육 강사로 청중도 계속 만나고 싶었기에 여기저기 강사 채용 공지가 날 때마다 문을 두드렸어요. 서류 전형은 어찌어찌 통과해도 작가라는 이력을 빼면 딱히 강사로서 내세울 경력이 없었던 탓인지, 번번이 마지막 관문에서 떨어져 의기소침했던 나날도 있었습니다.

채용 공지가 났는데도 탈락의 아픔을 또 겪고 싶지 않아 끝까지 서류 접수를 할지 말지 망설이다가 2시간 전에 후다닥 써서 지원한 적이 있어요. 마음 한편으로 핑곗거리를 만들고 싶었나 봅니다. 혹시 떨어지더라도 너무 급하게 접수한 탓이라고 말할 핑계요.

합격자 발표가 있던 날, 아침부터 핸드폰을 들었다 놨다 결과를 기다렸지만 아무런 연락도 오지 않았습니다. 오후가 기울고 어스름한 저녁이 되니까 마음을 접게 되더군요. 이전에 예방 주사를 세게 맞은 덕분인지 생각보다는 아프지 않았지만 속은 쓰렸습니다. 역시 나이가 많은가? 경력이 부족한가? 아니 참, 서류를 대충 써서 접수했지. 자책했다가, 핑곗거리를 찾다가, 혼란스러운 저녁을 보내고 잘 준비를 하는데 갑자기 최종 합격했다는 문자가 왔습니다. 밤에 이런 문자가 오다니 믿기지 않으면서도 기뻤어요. 아이들한테 "나 추가합격인가 봐?" 우스갯소리를 건네기도 했습니다.

알고 보니 무슨 혼선이 있었는지 오전에 보낸 문자가 몇몇 합격자들에게 밤에야 도착했다고 합니다. 의외의 합격에 스스로를 기특해하며 지원 서류를 다시 읽어 보니 급하게 쓴 것치고는 꽤 잘 썼더군요. 정신없이 쓴 것 같은데 왜 잘 썼지? 원래 글 쓰면 퇴고를 많이 하고 급하게 작성한 글은 어디 선보이지 않거든요. 대충 휘리릭 쓰는데도 명문을 쓸 만큼 역량이 뛰어나지는 않다고 생각해서요.

가만히 생각해 보니 몇 번의 불합격을 거치며 계속 고쳐 쓴 강의 제안서, 프로그램 기획서 등 서류 완성도가 점점 높아졌던 거예요. 해당 채용 건에 대해서 촉박하게 접수한 것은 맞지만 그 이전에 수없이 서류를 고치고 또 고쳤기에, 쫓기면서 지원했으나 서류의 질은 이미 올라가 있었던 거지요.

세 번째로 필요한 것은 바로 이 '무용한 시간'입니다. 지나고 보니 무용하다 여겼던 이 시간 덕에 성장할 수 있었습니다. 당장 무슨 성과가 보이지 않더라도, 탈락하고 거절당해서 상처받더라도, 그 덕에 고치고 다듬게 되었습니다. 그러고 보면 재취업이야말로 기다림의 미학이라고 할 수도 있겠네요.

신은 한쪽 문을 닫으면 다른 쪽 문을 열어주신다는 말이 있습니다. 젊은 날의 취업은 "대학 졸업했으니 취업해야 하는데", "이맘때는 모두가 취직하는데"라는 조바심 때문에 힘듭니다.

나이 들어서 다시 일하고자 할 때는 이미 서로 인생의 시간표가 많이 달라져 있어서 주변 시선에 연연할 필요가 없으니 좋은 점도 있습니다. 남들 시간표에 맞추지 말고 내가 정말 좋아하는 일을 하면서 인생 후반전을 맞이할 수 있도록 느긋하게 준비하시면 어떨까요. 언젠가 일할 나를 꿈꾸며 오늘 당장 이력서에 넣을 사진이라도 찍어 보세요. 뭔가 해낼 것 같은 기분이 들 거예요.

옆집 그 엄마는 어떻게 일을 구했을까

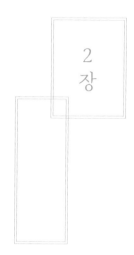

2
장

책에서 멀어진 아이,
책으로 돌아오려면

20장

1

고가의 전집보다
당신의 30분이 필요합니다

큰아이 어릴 때 그런 전집이 있었어요. 자세한 작동 원리는 모르겠지만 전집에 부착된 스티커를 나무 모형에 갖다 대면 나무가 책을 읽어주는 거예요. 정확히 말하자면 읽어준다기보다 녹음된 성우 목소리가 나오는 것이지요. 아이들 입장에서는 나무가 읽는 것처럼 신기하고 재미있을듯해 꽤 구미가 당겼지만 생각보다 비싼 가격 때문에 망설이다 사지는 않았습니다.

요즘 같은 핵가족 시대에 아이를 돌볼 조력자가 따로 있지 않은 이상, 주양육자—아직은 주로 엄마지요—가 유아들을 먹이고 입히고 씻기고 재우는 것만으로 벅찬데 책까지 읽어주려면 상당히 부담스럽습니다. 그런데 각종 매체에서 하루가 멀다 하고 어릴 때부터 책을 읽혀야 한다, 책 읽히는 습관을 일찍부터 들여야 한다, 독서와 관련된 의무를 부모 앞에 펼치니 이런 나무 모형이라도 동원해서 그 의무를 다하고 싶게 됩니다.

저도 그런 유혹을 느꼈는데 돌이켜보니 굳이 비싼 돈 주고 사지 않기를 잘한 것 같습니다. 기왕에 산 분들이야 잘 활용하시면 되겠지만, 가격 부담이 느껴진다면 무리해서 살 필요는 없다고 생각해요. 왜냐하면 독서 교육에 대해 공부할수록 유아기에 중요한 것은 독서의 양도 아니고, 어려운 책을 얼마나 읽었느냐도 아니고, 부모와 즐겁게 책 읽는 시간을 확보하는 일이라고 느꼈기 때문입니다.

오래전에 '책육아'란 말이 유행하기 시작할 때부터 우리의 독서 교육은 지나치게 양으로 경쟁하는 느낌이 됐습니다. KBS에서 방영된 다큐멘터리 〈뇌가 좋은 아이〉는 책으로도 나왔었는데요, 이 프로그램에서 한국의 독서 영재와 미국의 독서 영재를 비교했습니다. 한국에서는 이제 겨우 세 돌 전후인 아이에게 글자를 가르치고 그 아이가 종일 책만 붙잡고 있는 경우를 독서 영재라고 생각하는 이들이 많았습니다.

하지만 미국의 독서 영재로 나온 서너 살 아이는 실제로 언어 능력이 탁월했는데, 하루 책 읽는 시간은 30분 남짓이었어요. 그나마도 아이가 직접 읽는 게 아니고 엄마랑 상호 눈 맞춤을 하며 즐겁게 책 속 이야기를 따라가는 정도였습니다.

북유럽의 사례도 우리나라와 많이 다릅니다. 스웨덴에서 세 아이를 키워온 황레나, 황선준 작가의 『스칸디 부모는 자녀에게 시간을 선물한다』를 보면 북유럽 부모들은 성인이 될 때까지 자녀와 충분한 시간을 보내는 것을 무엇보다 중요하게 여긴다고 합니다. '아이들의 성장기가 단지 어른이 되기 위한 통로가 아니라 매 순간 의미와 가치'를 지니는 소중한 시간이라고 믿으며 아이 곁에서 함께하는 그날그날을 중시합니다. 독서 또한 경쟁에서 누구를 이기는 결과를 만들기 위해 하는 것이 아니며 부모와 아이가 결코 되돌아오지 않을 시간을 함께 나누는 의미가 크다고 합니다.

전집이니, 책 읽는 나무니, 거금을 들여 왜 이런 것을 사주려고 했는지 돌아보게 됩니다. 첫째로 유아기 아이를 두고 지나치게 양으로 승부를 내려는 독서 교육 열풍에 부담을 느꼈기 때문이지요. 그렇게까지 많이 안 읽어줘도 되는데, 그저 하루에 30분 정도만 집중해서 아이와 즐겁게, 노는 것처럼 읽어주면 됐는데 말입니다.

'하루에 몇 시간씩 읽어줬더니 아이가 영재가 되었다더라', '많이 읽는 아이들은 서너 살밖에 안 됐는데 종일 책만 붙잡고 앉아 몇십 권씩 읽는다더라', 이런 정보에 많이 노출되다 보니 책 읽어주는 행위에 지레 부담을 느끼고, 말 못 하는 나무 모형에 그 역할을 맡기고 싶었던 겁니다.

둘째로는 독서를 두고, 지식을 머릿속에 넣는 수동적인 개념으로 한정해서 생각했기 때문입니다. 독서는 작가와 나누는 대화이고, 이 대화에 깊이를 더해 궁극적으로 자신을 만들어가는 과정입니다. 그러나 우리는 '성장'이 아니라 '선발'로 모든 목적이 수렴되는 제도권 교육에 길든 나머지, 독서 또한 시험 잘 보기 위한 지식의 양을 늘리는 것으로 생각하는 경향이 있습니다. 유아에게도 빨리 글자를 익혀 혼자 책을 읽으라고 채근합니다.

『독서의 뇌, 초등 읽기/쓰기의 힘』을 쓴 소아청소년과 김영훈 교수님은 이 책에서 읽기를 너무 빨리 시작하는 게 좋지 않을 수 있다고 경고합니다. 영국의 한 독서학자가 5세에 글자를 읽기 시작한 아이들과 7세에 글자를 읽기 시작한 아이들 간 학업 성취도를 비교한 결과, 7세에 읽기 시작한 아이들의 성취도가 더 뛰어났다는 것입니다.

너무 일찍 글자를 익히면 유아기의 자연스러운 뇌 발달을 저해할 수도 있습니다. '책육아'나 '독서 영재' 열풍에 따라붙는 많이 읽히기, 일찍 읽히기로 시야가 좁혀지다 보니 독서 교육의 본질을 놓치고 있다는 생각이 듭니다.

출판 시장이 어렵다고 다들 아우성치는데 출판사 관계자에게 들은 바에 의하면 유아 책 시장은 호황을 누린다고 합니다. 그러나 2023년 국민독서실태조사에 따르면 우리나라 성인 독서

율은 43%에 불과하며 2022년 발표된 블룸버그 통신에 의하면 우리나라는 OECD 국가 중 가장 빠르게 지적 능력이 감퇴하는 나라라고 합니다.

학생 때 똑똑했던 사람들이 성인이 되면 책을 읽지 않고 지적 능력이 현저히 떨어지게 되는 것입니다. 유아기부터 그저 공부 잘하고 똑똑해지기 위한 수단으로, 양적 팽창에만 집중한 독서 교육이 가져온 결과가 아닐까, 조심스레 추측해 봅니다.

어쩌면 필요한 건 비싼 전집, 고가의 전집을 사줄 부모의 재력, 이런 거창한 게 아닌지도 모르겠습니다. 그저 아이의 눈을 바라보며 그림책을 읽어줄 당신의 30분일지도요.

부모가 생각하는
독서의 목적은?

　작가 북토크 행사에서 사전에 취합된 질문 중에 '정체성이 흔들린다는 건 나쁜 걸까요, 좋은 걸까요?'라는 내용이 있었습니다. 앞뒤 설명이 없었기에 어떤 맥락으로 하신 질문인지는 모르겠어요. 그날 질문이 많아서 이 내용을 쓰신 분한테 차례가 돌아가지 못한 탓에 자세한 설명은 듣지 못했습니다.

　우리는 살면서 어떤 경우에 자기의 정체성을 두고 혼란을 느낄까요? 학생이지만 왜 공부를 해야 하는지 이유를 찾지 못하거나, 엄마지만 자식을 키운다는 의미가 무엇인지 회의가 들거나, 직장인이지만 하루하루 반복되는 일과가 결국 어떻게 끝날지 가늠이 안 되어 허무함이 밀려든다던가, 이런 경우 아닐까요. 사회적으로 부여된 본분과 자신의 본질을 동일시하다가 그게 아니라는 걸 발견하게 될 때 정체성에 혼란을 느낀다고 생각합니다.

'학생의 본분을 다한다', '부모의 소임을 다한다'와 같은 명제가 우리 삶을 강력하게 움직이는 추동력이 되기도 합니다. 이게 흔들리는 순간, 자신이 믿었던 좋은 인생이란 무엇인가 회의가 들기도 합니다.

그런데 이 방황과 혼란이 꼭 나쁜 걸까요? 김영하 작가가 독서는 자아를 분열시킨다고 했잖아요. 독서를 하다 보면 쳇바퀴처럼 돌아가는 일상에 '왜'라는 질문을 던지며 지금 내가 가는 길이 맞는지 자문하게 됩니다. 한쪽 자아는 따지지 말고 순응하면 된다고 하지만, 다른 자아는 이 길이 맞는지 근본적인 성찰을 하자고 합니다

버트런드 러셀은 그의 저서 『게으름에 대한 찬양』에서 고도의 산업 사회를 살며 실용주의와 목적 달성주의에 떠밀려 노동을 멈추지 못하는 현대인의 문제를 날카롭게 지적한 바 있습니다. 영화를 만드는 노동은 이익을 가져오는 행위이니 바람직하지만 영화를 보러 가는 것은 쓸데없는 취미라며 비난하는 이들의 이중성을 언급합니다. 눈앞의 이익을 가져다주는 행위만 바람직하게 여기는 사회 통념이 모든 것을 바꾸고 있다면서요.

독서의 세계는 즉각적인 효용성만으로 접근하기에는 훨씬 깊고 풍요롭습니다. 『읽기의 말들』을 쓴 박총 작가는 유익으로 환

산되는 독서는 불행한 독서라고 했습니다.

아이들에게 실용적인 목적으로 접근하는 독서만 강조하다 보면, '자아 분열'을 일으키는 독서의 중요한 기능을 놓치게 될 뿐 아니라, 아이들이 독서가 주는 진정한 쾌락을 느끼지 못해 독서 자체를 멀리하게 될 수도 있습니다.

어릴 때부터 책육아와 독서 교육을 매우 강조했던 사회 분위기에 비해 성인 독서율은 매우 낮습니다. 종이책만 아니라 다른 매체를 통해 읽는 시간이 늘어나게 된 점을 감안해도 다른 나라와 견줘 무척 낮은 수준입니다.

세상이 나에게 가르쳤던 고정관념이나 어른들이 내게 주입한 사고방식이 꼭 맞지는 않을 수 있다는 생각도 해보고, 젊은이다운 패기로 그 고정관념에 도전하는 발상도 가져볼 수 있겠지요. 세상에 건강한 방식으로 어깃장도 놓아보고 정체성에 한바탕 혼란을 겪은 다음 진짜 나를 만날 수도 있습니다. 바로 책을 통해서요. 아이들에게 책 읽기를 원하는 부모님들이 이런 독서의 목적과 본질에 대해서도 한 번쯤 생각하시면 좋겠습니다.

3

"초콜릿 공장장의 딸은
초콜릿을 먹지 않는다"

큰아이가 원룸으로 이사하게 되어 이삿짐센터 사장님과 같이 이동한 적이 있어요. 조수석을 얻어 타고 긴 시간 동행하게 되었습니다. 2시간 남짓 가는 동안 사장님이 오디오북으로 계속 책을 '들으면서' 가시더군요. 신선했습니다.

30대 초반의 젊은 사장님이었는데, 이토록 책을 갈구하듯이 일하는 중에 오디오북을 듣는 분을 쉽게 보긴 어렵잖아요. 심지어 그 책을 네 번째 반복해서 듣는 중이라고 했습니다. 오디오북을 자주 듣냐고 여쭤봤더니, 이동 중에는 늘 듣는다고 했습니다.

"책을 읽고 싶어도, 이렇게 종일 몸 쓰는 일을 하고 집에 가면 쓰러져 자기 바빠서 도저히 책을 못 읽겠더라고요. 고민 끝에 이삿짐센터를 하니까, 차에서 많은 시간을 보내는 만큼 이 시간에 오디오북을 들으면 된다는 결론에 이르렀어요."

"대단하시네요. 말하자면 근무 시간인데, 이 시간을 활용해서 어떻게든 책을 접하시는 게 멋져 보이세요."

저의 칭찬에 조금 쑥스러워하며 웃은 사장님은 자신의 사연을 들려주었습니다. 중학교 때 가정폭력이 너무 심한 아버지 때문에 집을 나와 주유소 아르바이트 등을 전전하며, 잘 데도 없어 여기저기 돌아다니며 힘겹게 살았다고 합니다. 당연히 학교도 못 다녔지요.

고생고생하며 10여 년을 보낸 끝에 이제 '나 홀로 이삿짐센터'일지언정, 어엿한 사장님이 되어 자기 한 몸 건사는 하게 되었다고 합니다. 배움에는 늘 갈증을 느껴 오디오북을 꾸준히 들은 나날이 꽤 길다고 합니다.

이분의 사연을 듣고 있자니, 카이스트 정재승 교수님이 한 프로그램에서 하신 말씀이 떠올랐어요. 교수님은 아이가 예닐곱 살쯤 되었을 때 애가 무슨 책이냐고, 얼른 바깥에서 놀라고, 놀이터로 등 떠밀어 내보냈다고 하세요. 그리고 부모님은 책을 즐겨 읽었더니 아이가 '책이 대체 뭐길래 나한테는 못 읽게 하고 자기들끼리 저렇게 재미있게 읽나?' 궁금해하면서 오히려 책에 관심을 보이고 나중에는 숨어서까지 읽더래요.

그러면서 '초콜릿 공장장의 딸은 초콜릿을 먹지 않는다'라고 강조하셨습니다. 아이들이 너 나 할 것 없이 좋아하는 달콤한 초콜릿. 하지만 초콜릿 공장장인 아버지가 매일같이 남은 초콜릿을 갖고 와서 먹으라고 권한다면? 처음에는 맛있다고 먹겠지만, 결국에는 물려서 싫어하게 될 거예요. 책도 마찬가지입니다. 교수님은 아이들에게 책이 쾌락이 될 때까지 좀 기다려 줘야 한다고 조언하셨습니다. 원래 금기시하면 더 욕망하게 되고, 결핍을 느낄 때 더 갈망하게 되는 측면도 있잖아요. 너무 많이 주어지면 오히려 질립니다.

학부모님 독서 교육을 하면서 이 이야기를 하면 인위적으로 무슨 결핍을 조성해야 하냐고 묻기도 하십니다. 일부러 책을 못 읽게 하거나, 책을 안 사주거나 그럴 필요까지는 없는데요, 일단 끊임없이 책을 들이밀면서 읽으라고 시키고 '소감을 말해 달라', '느낀 점을 써봐라', 이런 간섭을 멈춰 보세요. 거실을 아이 책으로 빽빽이 채우는 대신 내 책을 꽂아 보는 것도 좋습니다. 저희 집에는 온통 제 책이 가득해서 아이들이 부러워해요.

물리도록 책을 들이미는 걸 멈추는 게 시작이에요. 그다음에는 아이에게 독서가 고역이 아니라 즐거움이 될 방안을 고민하시면 됩니다. 동물 키우기에 관심이 많은 아이라면 고양이가 상주⑺하는 '고양이 독립서점'에 데려가셔도 좋고요, 요리를 좋아하는 아이라면 요리책을 같이 골라서 당장 집에서 같이 음식을 만드는 것도 방법입니다. 무엇보다 내 아이가 어떤 취향인지, 어디에 관심을 두고 있는지 잘 관찰해야 방법이 보인다는 점 잊지 마시고요.

4

필독서 이전에
'내 아이'가 보여야 한다

EBS에서 독서와 관련해 10부작 다큐멘터리를 방영했습니다. 〈책맹인류〉란 이름으로 방영된 이 프로그램에서는 유아와 초등 저학년 때는 비교적 독서를 가까이했던 학생들이 초등 고학년이 되면서 책을 멀리하는 이유를 집중적으로 분석하고 있는데요, 초등 고학년 학생 500명 남짓을 대상으로 설문 조사를 실시한 결과, 독서가 싫어지는 이유 중 56%를 차지한 항목이 '강요하는 방식이나 책을 읽지 않는 것에 대한 지적'이라고 했습니다. 뒤를 이어 10%를 차지한 항목은 '남과 비교'였고요.

설문 조사 결과를 보면서 프로그램에 나온 영국의 크레민 교수가 지적한 내용이 떠올랐습니다. 영국에서 시작된 '즐거운 독서 교육 운동' 주창자인 그녀는 "독서에 대한 기술과 지식을 익히는 것이, 독서를 향한 동기와 흥미를 갖는 것보다 한결 쉽다"라고 했습니다. 즉, '책을 읽고자 하는 마음'을 만들어 주는 것이 독서 교육의 본질인데 이것이 단어와 문법을 가르치는 일보다 훨씬 어려운 일이라는 것입니다.

우리나라 아이들이 책을 싫어하게 되는 이유는, 가정이나 학교에서 이런 중요성을 망각하고 다분히 강압적으로 독서 교육을 밀어붙인 탓이 있지 않나 생각해 봅니다. 학기 초면 어김없이 필독서나 권장 도서 리스트가 배포되고, 어떤 학교는 수행평가를 위해 이 항목 중 몇 권의 도서를 의무적으로 읽으라고 합니다. 취학 전 읽어야 할 필독서 리스트를 나열하고, '취학 전 ○○권 읽기 캠페인' 등을 펼칩니다.

입시 준비 위주로 돌아가는 한국의 제도 교육 특성상, 아이들은 교육의 주체보다는 지식을 수동적으로 주입해야 하는 객체로 취급되는 면이 더 큽니다. 그런데 교과 교육을 벗어난 영역에서까지 아이들은 자기의 선택권을 별로 부여받지 못한다는 느낌이 듭니다.

부모는 권장 도서 목록을 들이밀며 "네가 몇 학년인데 아직도 이런 쉬운 책만 읽니? 여기 리스트에서 골라 읽어봐"라며 선택지를 제한하고, 학교나 도서관에서 실시하는 독서 교육 또한 비슷한 모습을 보이기도 합니다.

저는 어릴 때부터 책을 좋아했고, 국문과를 진학해서 독서광 친구들을 정말 많이 만났는데요, 저도 마찬가지지만 독서광 친구들 중에 부모의 강요로 그렇게 된 사람은 없었습니다.

'책을 읽고 싶다'라는 동기는 결국 마음의 문제고, 흥미 또한 개인의 취향 문제입니다. 『학교의 슬픔』을 쓴 프랑스 소설가 다니엘 페낙의 지적대로 독서는 명령할 수 있는 영역이 아니에요. 마음에 명령할 수 없듯이 사적인 독서 취향과 동기를 두고 명령할 수 없다는 게, 책을 사랑하는 다독가로서 갖는 제 입장입니다.

아직 세상 물정 모르는 아이들이니까 명령 좀 해도 된다고요? 문제는 그런 지시와 통제 일변도의 독서 교육이 실효성이 매우 떨어진다는 것입니다. 위에 언급한 설문 조사에서 드러나는 것처럼, 오히려 독서를 싫어하게 만드는 역효과를 가져옵니다. 1년간 책 한 권 읽지 않는 성인이 절반이 넘는 사회가 된 데에는 학창 시절 부정적인 독서 경험이 영향을 미쳤을 거라고 보는 시각이 많습니다.

아이를 한 명의 독서가로서 인정해 줄 때, 아이도 그 위치에 어울리는 태도를 보입니다. 자리가 사람을 만든다고 하잖아요. 아이들을 도서 리스트도 꼭 정해줘야 하는 수동적인 존재라고 단정 지으면 아이들은 계속 그 상태로 머뭅니다.

저는 권장 도서나 필독서를 멀리해야 한다고 말하고 싶습니다. 참고는 할 수 있지만, 개개인의 흥미나 수준을 무시한 리스트를 맹신하면 아이들 독서에 불필요한 간섭을 하게 됩니다.

『책으로 크는 아이들』을 쓴 백화현 선생님은 아이들에게 책을 권하려면 그 아이 얼굴이 떠올라야 한다고 했어요. 아이마다 좋아하는 책, 필요로 하는 책은 다 달라서 아이 얼굴이, 표정이 생각나야 책도 권할 수 있다는 말씀은 참으로 타당해 보입니다.

천편일률적인 필독서나 권장 도서 목록을 뒤지기 전에 오늘 내 아이 얼굴을 한번 봐주세요. 아이가 무엇에 흥미를 느끼는지, 무엇에 어려움을 느끼는지, 무엇을 필요로 하는지.

5

독서 편식이
걱정된다면

부모 교육 강의를 나가면 가끔 "아이의 독서 편식이 걱정된다"라고 말씀하시는 분들이 계세요. 저는 이 단어 조합부터 독서 활동에 썩 어울리는 모양새가 아니라는 생각이 듭니다. 우리 몸이 6대 영양소를 골고루 필요로 한다고 해서 독서도 각 영역을 편식 없이 읽어야 하는 걸까요? 어릴 때부터 문학, 과학, 역사, 철학 등 다양한 영역을 무조건 읽혀야 한다는 압박을 부모님이 많이 느끼는 것 같습니다.

그러고 보니 애들 어릴 때 동화책을 읽어주고 있던 저에게, 책에 대해 잘 안다고 자부하던 누군가가 "나중에 애들 공부에서 애먹는 게 비문학 때문이야. 동화 같은 것만 읽히지 말고 비문학을 읽혀야 해"라고 훈수를 둔 기억이 나네요.

큰아이 입학 시험을 치르면서 대입 컨설팅 강연을 찾아봤었는데 어떤 분이 인상적인 이야기를 하셨어요. 음대 입시를 준비하는데 '음악이라면 장르를 가리지 않고 다 좋아하는 아이'라면 다시 생각해 볼 것을 권유한다고 합니다.

'다 좋아한다'는 건, 별다른 선호가 없는 거고, 좋고 싫고가 없다는 건 사실 진지하게 그 분야에 몰입한 상태는 아니라고 합니다. 그저 문화 생활을 향유하는 차원에서 접하는 정도지, 전공을 할 만큼 그 분야에 관심과 흥미가 있는 상태는 아닐 수 있다고 조언합니다.

독서도 마찬가지예요. 정말로 독서를 즐기는 사람이면 호불호가 있어요. '우리 아이가 공룡 책만 읽어요'라며 걱정하실 게 아니라 독서를 통해 좋아하는 분야에 몰입한 좋은 신호로 받아들이시면 됩니다.

특히 우리는 이야기책, 즉 동화나 소설을 하위 갈래로 취급하며 아이들에게 "맨날 소설책만 보지 말고『이기적 유전자』같은 거를 봐야지"라며 강요하는 경향이 있는데 그럴 필요가 없습니다.

매리언 울프의『다시 책으로』를 보면 우리가 소설을 읽을 때 뇌의 구석구석 다양한 부위가 활성화되는 사례가 나옵니다. 톨스토이의 소설『안나 카레니나』에서 안나가 철로에 뛰어든다는 문장을 읽을 때 독자의 머릿속에서 다리와 몸통을 움직일 때와 같은 뉴런이 활성화된다고 합니다. 이야기를 읽으며 타인을 심층적으로 이해하는 과정에서 우리 뇌는 광범위한 자극을 받아

'읽기 회로에 풍부한 흔적'이 남으며 이것이 깊이 읽는 체험이라고 강조합니다.

뇌 과학까지 가지 않더라도 동화나 소설은 아이들에게 진입 장벽이 낮고, 흥미로운 독서 경험을 제공한다는 점에서 충분히 바람직합니다. 우리는 이상하게 아이들이 흥미 있게 무언가를 즐기면 못 마땅해하는 경향이 있어요. 인내심을 길러야 한다는 강박 때문인지, 뭐든 힘들고 어려운 걸 해내도록 은근히 독려하고 독서조차도 즐기기보다는 공부하듯이 한 자 한 자 습득하길 바랍니다.

요즘 아이들은 열심히 하는 아이든, 그렇지 않은 아이든 학업 부담을 많이 느낍니다. 그런데 여가 시간에 하는 독서조차도 굳이 흥미를 느끼지 못하는 책, 자기 수준보다 어려운 책을 과제 해치우듯이 꾸역꾸역 읽어야 할까요?

제가 성인 대상 글쓰기 수업을 했을 때 어떤 분이 "중년이 되고 보니 인간관계도 슬슬 줄어들고 사회적 고립감을 느껴서 외로웠다. 그런데 글쓰기 수업을 받으며 독서의 즐거움을 알게 됐다. 인생 후반전에 이렇게 든든한 책이라는 친구를 소개받아서 앞으로 남은 나날이 두렵게 느껴지지 않는다"라고 말씀하셨어요.

우리 아이들에게 책을 읽히는 목적을 두고 단기적인 학습 효과만 생각하기보다는 긴 인생 외롭지 않게, 지치지 않게 함께 가는 친구를 소개해 주는 마음으로 이끄는 게 낫지 않을까요.

반 친구들과 다 친할 수 없고, 동네 사람들 모두와 잘 지낼 수는 없지요. 사실 그럴 필요도 없고요. 마음 맞는 몇몇과 깊은 유대감을 형성하면서 지내는 걸로도 행복할 수 있듯이, 이 세상 모든 책과 다 친할 필요는 없습니다. 특히 아이들의 경우는 더욱 그렇습니다.

좋아하는 책, 즐겁게 읽는 책, 서점에서 맨 먼저 빼 오는 책. 어른들 마음에는 썩 안 들어도 아이가 자신의 기호를 찾아가는 과정이라고, 몰입하는 독서를 경험하는 중이라고 조금 느긋하게 기다려 주시면 어떨까요. 한창 책과 친해지려는데 '독서 편식하지 말라'며 대뜸 막아서기보다는 책이랑 잘 지내도록 돕는 게 나을 듯합니다.

6

부모 마음대로 금서 선정?
신중해야 합니다

스웨덴 라디오 북 어워드를 받은 청소년 소설 『슬픔이 나를 집어삼키지 않게』의 주인공 사샤는 아빠가 샤워할 때마다 몰래 우는 것을 압니다. 엄마가 자살한 다음부터 아빠는 사샤가 들을 까 봐 숨죽여 울어요. 아무리 조용히 울어도 사샤는 아빠가 운다는 사실을 알고 있어요. 사샤는 '엄마는 삶에 실패했고 죽었다'라고 결론 내린 후 엄마의 실패를 배우지 않고자 계획을 세웁니다. 무조건 엄마와 반대로 사는 거예요.

다소 무거운 주제일 수 있는 '엄마의 자살'을 정면으로 다루고 있는 이 작품은 심리학자이자 글쓰기 선생님인 제니 재거펠드가 청소년을 위해 쓴 소설입니다. 십 대의 문제에 대해 활발하게 발언해 온 작가는, 청소년과 어린이를 위해 좋은 책을 쓴 작가에게 주는 아스트리드 린드그렌 상을 받기도 했습니다. (아스트리드 린드그렌은 우리에게 잘 알려진 말괄량이 삐삐 이야기를 쓴 작가입니다.)

제가 독서 교육 수업에서 이 책에 대해 이야기하면 학부모님들 중에는 부모가 자살한 이야기를 청소년이 읽어도 되는지 묻는 분이 계세요. 일단 이 소설은 엄마의 자살이란 힘든 사건을 다루지만 작품 분위기는 침울하지 않습니다. 오히려 어린 사샤가 인생에서 맞닥뜨린 가장 큰 상실을 씩씩하고 당차게, 동시에 진실하게 이겨내는 과정은 청소년 독자뿐 아니라 어른 독자에게도 큰 울림을 줍니다.

어른들은 종종 아이들에게 양지바른 고운 세상만 보여줘야 한다고 생각합니다. 김형수 작가는 『삶은 언제 예술이 되는가』에서 어린이 백일장의 공허함을 지적하며 어린이라고 해서 '실존적 무게감'이 느껴지지 않는 말장난 같은 시를 쓰지는 않는다고 강조한 바 있습니다.

이오덕 선생님도 『이오덕 말꽃모음』에서 아이들이 글쓰기를 싫어하는 이유는 '쓰고 싶은 것을 못 쓰게 하기 때문이다. 자기가 잘 알고 있는 자기의 이야기를 써서는 글이 될 수 없다는 생각을 품게 해놓았기 때문'이라고 하셨지요.

읽기의 영역으로 와도 비슷합니다. 어른들은 아이들에게 '진짜 우울한 현실은 드러나지 않는, 적당히 작은 어려움을 구김 없는 주인공이 씩씩하게 극복하는 이야기'만 보여주고 싶어 합니다. 아이들이 가정이나 학교에서 겪는 문제를 가감 없이 보여

주거나 아이에게도 어른과 똑같이 그늘진 마음이 있다고 말하는 작품은 마주하고 싶어 하지 않습니다.

그러나 어른들이 만들어 놓은 세상에 어둠이 가득한데 아이들이 어디 멀리 사는 것도 아니고 어떻게 세상의 그늘을 모를 수가 있겠어요. '2024 한스 크리스티안 안데르센상' 글 부문의 최종후보로 올랐던 이금이 작가의 작품 중『유진과 유진』은 청소년 소설로는 드물게 아동 성폭력 문제를 다루고 있습니다. 가끔 '초등학교 고학년이나 중학생이라 해도 어린데 굳이 이런 끔찍한 이야기를 읽어야 하나?'라고 생각하는 부모님이 계시는데 절대로 일어나지 않아야 할 일이지만, 아이들을 둘러싼 세상에서 실제로 일어나기도 하는 일입니다.

이금이 작가는 '다시 쓰는 작가의 말'에서 이 소설을 쓴 진짜 이유를 말합니다. 작가의 딸이 어렸을 때 작품 속『유진과 유진』이 겪은 일과 비슷한 일을 당했었다는 뒤늦은 고백을 합니다. 멋지게 사는 딸이 '길에서 넘어진 일만큼도 기억나지 않는 정도'라고, 이제는 세상에 얼마든지 알려도 된다고 했다면서 집필 동기를 밝혔지요. 작품에서 다룬 사건은 아이들에게 감춰야 할 동떨어진 현실이 아니라 아이들이 현재진행형으로 겪는 상처와 아픔이기도 했던 것입니다.

그러니 아이들에게 어떤 책은 읽으면 안 된다고 함부로 금기

시하는 건 경계해야 합니다. 명백하게 타인의 명예를 훼손하거나, 특정 인종이나 성, 계층을 혐오하는 내용, 혹은 분명하게 역사를 왜곡하는 내용, 이런 게 아니라면 아이들이 읽을 책은 가능한 한 열어두는 것이 좋습니다.

칼데콧상을 받은 모리스 샌닥의 『괴물들이 사는 나라』는 학교와 도서관에 빠짐없이 꽂혀 있는 그림책의 고전이지만, 출간 당시에는 그렇지 못했습니다. 책 내용이 괴기스러운 데다, 엄마가 '이 괴물딱지 같은 녀석!'이라고 혼내자 맥스도 '그럼 내가 엄마를 잡아먹어 버릴 거야'라고 버르장머리 없이 대들기까지 한다며 학부모 항의를 심하게 받았다고 합니다.

모리스 샌닥은 1964년 칼데콧상 수상 소감에서 어린이들도 날마다 갈등이나 고통을 느끼고 이를 이겨내고자 애쓴다며 어른들은 이런 어린이의 삶의 무게를 너무 가볍게 취급한다고 일갈했습니다.

세계적으로 7천만 부가 팔린 『호밀밭의 파수꾼』도 처음 세상에 등장했을 때는 호된 신고식을 치러야 했습니다. 거침없는 욕을 내뱉으며 기성 사회의 위선과 부조리를 비판한 고등학생 홀든이 주인공이지요.

이 책을 두고 학교와 사회는 극심한 거부감을 보였습니다. 미국의 한 주에서는 수업 시간에 이 책을 낭독한 고교 교사가 해고당한 일까지 있었어요. 그러나 『호밀밭의 파수꾼』은 1998년 미국도서관 연합회가 발표한 '위대한 금서 50권' 중 13위에, 그리고 미국 의회도서관이 선정한 '미국을 형성한 금서들'에서는 7위에 올라갔고 지금은 전 세계 청소년들의 필독서가 되어 있습니다.

이 외에도 미국은 엄격한 청교도주의와 백인 우월주의가 복잡하게 얽혀 『주홍글자』, 『허클베리 핀의 모험』, 『모비딕』 등 오늘날 고전의 반열에 오른 작품을 금서로 지정했던 적이 있어요. 『오즈의 마법사』는 여성이 리더라서 금서였고, 『말괄량이 삐삐』도 자유분방한 삐삐가 어른의 권위에 도전하는 것이 '버릇없는' 모습으로 간주되어 한때 금서 목록에 올랐었지요. 우리나라에서도 『몽실 언니』처럼 오래전부터 어린이와 청소년, 어른들에게 두루 사랑받은 책이 금서였던 시절도 있었습니다.

시대에 따라 이렇게 금서의 의미가 변한다면, 찰나를 사는 내가 금서를 함부로 지정하고 아이들에게 강요할 권리는 없다고 생각합니다. 그것은 자유로운 시대 정신을 침범할 수도 있고, 아이들의 상상력을 훼손할 수도 있으며, 아이들 삶에 대해 함부로 재단하고 정의하는 일이 될 수도 있습니다.

금서를 내 마음대로 정하기보다는, 아이들이 다양한 책을 읽고 어른과 이야기를 나누게 하는 편이 여러 면에서 건강한 교육이 되지 않을까요.

7

디지털 영상 시대,
여전히 책을 읽어야 하는 까닭은

얼마 전 큰아이가 1930년대 우리나라 문인들 이야기를 모티브로 삼은 뮤지컬을 무척 재미있게 보더니 대본집도 사서 읽더군요. 극이 모델로 삼은 여러 문인을 찾아보다가 작가 '이상'에 대해 알게 됐어요. 그의 작품 『날개』를 보겠다고 해서 조금 난해한 작품이라고 느끼지 않을까 싶었는데 밤늦도록 읽더니 다음 날 말했습니다.

"엄마, 『날개』라는 이 작품 너무너무 재미있어. 문장이 좋아서 자꾸 읽고 싶어. 이런 책 읽다 보면 스마트폰이 재미없게 느껴질 거야."

덧붙인 말이 인상적이었어요. 아마 많은 부모가 자녀에게 듣고 싶은 말이 아닐까 싶습니다. 어린아이부터 성인에 이르기까지 집집마다 스마트폰 때문에 전쟁을 치르고 있으니까요.

스마트폰과 관련해 학부모 강연에서 재미있는 사례를 말씀해 주신 분이 계십니다. 중학생 아들의 친구가 스마트폰을 너무 싫어하고 오직 책만 본다는 거예요. 그맘때 아이들은 종일 스마트폰을 붙잡고 있기 마련이라 대체 어떻게 해서 스마트폰을 싫어하고 책만 좋아하게 된 걸까 무척 궁금하셨다고 합니다.

알고 보니 아이의 부모님이 모두 벤처 회사에서 근무했는데 아이에게 어릴 때부터 스마트폰을 주고 새 게임이 출시될 때마다 게임 유저로서 재미있는지, 불편한 점은 없는지, 개선 사항은 무엇인지 끊임없이 묻고 모니터링을 했다고 합니다.

스마트폰으로 게임을 '의무적'으로 하고 소감도 보고해야 하니 아이에게는 스마트폰 게임이 오락거리가 아니라 무거운 짐처럼 느껴져 결국 스마트폰을 멀리하게 되었다고 합니다.

그분의 이야기를 들으면서 강사인 저도, 같이 참여한 수강생들도 모두 웃으며 고개를 끄덕였습니다. 스마트폰 좀 그만하고 책을 읽었으면 좋겠다는 푸념을 다들 돌아가면서 늘어놨는데, 이분의 말씀을 듣다 보니 어쩌면 이렇게 의무처럼 너무 강요한 게 역효과를 불러일으킨 건 아닐까 되돌아봤습니다.

스마트폰보다 책이 재미있으려면, 첫째로 책에 대한 좋은 기억이 많아야 합니다. 김미라, 노규식 두 아동 심리 전문가가 쓴 『책 읽는 아이, 심리 읽는 엄마』에서는 특정 음식을 먹고 체한

다음에는 그 음식과 체중이 연합되어 다시는 먹지 못하는 것처럼, 부모가 책과 꾸중, 처벌을 동반하면 아이들은 부모를 미워하는 대신 책을 미워하게 된다고 경고합니다.

아무리 날고 기는 스마트폰이라 해도 아이에게 '안 좋은 기억'을 심어주니 가까이하기엔 너무 먼 당신이 되었는데 하물며 책은 어떨까요. 책을 두고 자꾸 핀잔을 주는 대신 책과 관련한 좋은 기억을 쌓도록 돕는 것이 효과적입니다.

두 번째로 스마트폰 대신 다른 즐길 거리가 있어야 합니다. 사실 스마트폰 사용을 그저 의지로 억누르기는 어른도 쉽지 않습니다. 뉴욕타임스 베스트셀러 작가이자 저널리스트인 요한 하리 역시 어느 날, 소설 몇 페이지도 읽어내지 못하는 자신을 발견합니다. 스마트폰과 전자기기에 둘러싸인 세상에서 살다 보니 책에 집중하는 것이 어려워졌다고 생각하며 '디지털 디톡스'를 하고자 휴대폰 없이 프로빈스 타운에 들어가 인터넷이 안 되는 컴퓨터로 생활합니다.

그곳에서 디지털 디톡스를 실현하고 집중력이 한결 나아졌다고 생각했는데 웬걸, 일상으로 돌아오자 다시 원점으로 돌아가 버렸다고 합니다. 요한 하리는 스마트폰 중독이 과연 개인의 의지만으로 해결되는 문제인가 심각하게 고민하기 시작했고, 광범위한 인터뷰와 자료조사를 통해 『도둑맞은 집중력』이란 책을 써서 디지털 세상이 우리의 집중력을 빼앗아 가고 있으며 시스템이 개선되어야 한다는 주장을 펼칩니다. 테크 산업의 과도한 이윤 창출 과정에서 개개인은 알고리즘의 노예가 되어 가고 있는데 이것이 그저 의지만으로 해결될 문제는 아니라는 것이지요.

그는 우리가 겪는 집중력 위기 문제가 현대 사회의 비만율 증가와도 유사한 양상을 띤다고 지적했습니다. 이 대목을 읽으면서 혈당과 다이어트에 관한 책 『글루코스 혁명』이 떠올랐습니다. 생화학자이자 사람들에게 건강 수칙을 알려주는 작가 제시 인차우스페가 쓴 건강 서적인데요. 간단히 말하자면 음식 산업의 강력한 마케팅 탓에 우리는 어릴 때부터 온갖 첨가물이 들어간 달콤한 음식, 정크 푸드에 길들여지게 되었다는 거예요. 그런 음식을 섭취하는 것에 사회는 아무런 제재도 가해놓지 않고서 훗날 각종 성인병이 찾아왔을 때는 '단것을 먹은 너의 탓'이라는 소리를 한다는 겁니다.

책과 집중력, 건강과 정크 푸드라는 조금 다른 카테고리의 이야기지만 요한 하리의 지적대로 두 가지 영역에서 현대인이 어려움에 처하는 이유는 닮았다는 생각이 듭니다. 이런 문제는 환경적인 영향이 크고 우리를 둘러싼 사회 시스템을 바꿀 필요가 있는 거지요.

부모님이, 어른들이 이런 시스템 개선에도 관심을 가져야겠지만 단번에 사회 환경이 바뀌기는 어려울 것입니다. 그렇다면 적어도 가정 내 환경이라도 개선해야 합니다.

무조건 스마트폰을 하지 말라고 야단치는 대신, 부모가 아이와 여가를 즐기며 아이가 취미 생활을 찾게 도와줘야 합니다. 저희 아이는 연극과 뮤지컬을 적극적으로 감상하면서 문학책도 더 찾아보게 되었습니다. 좋아하는 분야가 생기니 그에 대해 더 깊이 알고 싶어지고, 관련 책도 찾게 된 거지요.

저는 아이가 영화나 인테리어에 관심이 있다는 것을 알았을 때 적절한 자극이 될 만한 기사도 소개하고 영상과 책도 찾아보며 대화하려고 노력했습니다. 스마트폰 붙잡고 있다고 다짜고짜 윽박질렀다면 지금처럼 책을 좋아하는 사람으로 크기는 어려웠을 거예요.

짧고 재미있는 영상이 넘쳐나는 시대지만 요한 하리가 『도둑맞은 집중력』에서 강조했듯이 인내심을 갖고 긴 호흡의 책을 읽는 것은 여전히 중요합니다. 인지신경학자인 매리언 울프의 지적대로 책을 읽지 않는 사람은 '인지적 인내심'이 급격히 떨어집니다. 타인을 제대로 이해하지 못하고 사회 현상을 정확하게 분석하지 못하며, 궁극적으로 내 삶을 깊이 있게 성찰하기 어렵습니다.

　아이들에게 책을 읽히기가 어려운 환경이 된 것은 맞습니다. 하지만 각자의 자리에서 할 수 있는 것을 최대한 해볼 수밖에 없습니다. 막강한 광고의 홍수 속에 정크 푸드가 아이들을 유혹해도 부모님이 건강식을 먹이려고 노력했던 것처럼, 디지털 영상 시대의 역기능이 우리를 덮쳐오고 있지만 포기하지 말고 아이들에게 독서가의 삶을 안내해야 할 것입니다.

8

'책으로 돌아왔다'는 건
어떤 의미일까

『모든 것은 도서관에서 시작되었다』를 쓴 윤송현 작가님이 운영하는 청주의 '초롱이네 도서관'을 탐방한 적이 있습니다. 아쉽게도 작가님은 강연을 가서 안 계셨지만, 작가님의 부인이신 오혜자 관장님을 인터뷰할 수 있었어요. 초롱이네 도서관은 마을을 중심으로 다양한 책 문화 활동, 인문학 강좌, 글쓰기 강좌 등을 개최하며 동네 주민과 아이들에게 생활 문화 공간의 거점으로 자리 잡았습니다.

작가님은 북유럽 도서관을 벤치마킹하기 위해 10년간 북유럽 여러 나라의 도서관을 견학했다고 하세요. 수십 차례 방문해 그들의 도서관이 어떻게 지금처럼 사회 문화의 중심축으로 자리 잡았는지 조사하고 연구했으며 그 내용을 『모든 것은 도서관에서 시작되었다』에 담으셨습니다.

오랫동안 도서관 사업을 추진하신 관장님은 아담한 2층 통나무집 도서관이 아이들을 키운 장소이기도 하셨대요. 어린 시절부터 책이 병풍처럼 드리워진 곳에서 먹고 자고 놀며, 책을 가까이하는 부모님과 지냈으니 자녀 분들도 당연히 책을 너무너무 좋아하고 많이 읽을 거라 생각되시죠? 저도 궁금해서 여쭤봤습니다.

"저희 아이들이요? 네, 책을 좋아하죠. 그렇다고 책만 너무 읽고, 책 읽기를 제일 좋아하고 그런 것까진 아니에요. 하지만 뭔가 새로운 도전을 하고 싶거나, 인생에서 어떤 어려움이 있거나, 그럴 때 거기에 맞는 책을 찾아 읽으면서 길을 찾으려고 노력해요.

그리고 가족 간에도 책이 소통의 매개가 되기도 해요. 자기가 어떤 책을 읽고 좋으면 저에게 추천도 해주고요. 저도 반대로 해주기도 하고, 그런 게 되게 자연스러워요. 책을 너무 좋아하고 책밖에 모른다, 그런 차원이 아니라 그냥 책이 생활의 일부인 것 같은 느낌이죠."

당시 제가 학부모 대상으로 하던 강의 제목이 '책에서 멀어진 아이, 책으로 돌아오기까지'였는데 학부모들께 책으로 돌아왔다는 의미가 뭐냐고 물으면 의견이 반으로 나뉘었어요. 일단 책을 양적으로 많이 읽는 데 큰 의미를 부여하는 분들이 계세요.

가끔 옆집 아이의 신화처럼 소개되는 이야기 속에 '36개월에 이미 한글을 완벽히 떼고, 그 어린아이가 아침부터 밤까지 놀이터 한번 나갈 생각 없이 책만 붙잡고 지냈다'라는, 거의 아기 장수 설화에 나올 법한 사연이 등장합니다. 각종 기관에서 독려하는 아동 대상 책 읽기 사업에도 'N권 읽기 운동'처럼 독서를 양으로 승부를 내는 시합처럼 여기는 사업명이 붙기도 합니다.

책을 많이 읽으면 좋지요. 그러나 더 중요한 건 한 권을 읽더라도 몰입해서 읽는 것, 즐기며 읽는 것입니다. 나를 사로잡는 한 문장을 만나는 것입니다. 신학자 존 파이퍼는 '많은 책을 읽는 것은 나무를 한곳에 모으는 것과 같지만 거기에 불을 붙이는 것은 단 하나의 문장'이라고 했습니다.

양적인 승부가 중요하다고 여기는 학부모님도 계셨지만 독서의 즐거움을 강조하는 학부모님도 계셔서 제 입장에서는 반가웠습니다. 이런 부모님은 대개는 본인부터 책을 즐겨본 경험이 있으세요. 지금에야 직장이나 살림, 육아에 쫓겨 책을 가까이 하지 못해도 왕년에 책을 좋아했던 경험, 즐겁게 읽었던 기억이 있으십니다. 이런 분들은 자녀에게 독서를 권할 때도 그런 면을 중요하게 여깁니다.

돌이켜보면 의무적인 독서의 최절정을 달렸을 때가 저는 대학원 논문 쓸 때였어요. 내가 공부한 내용을 집대성해서 한 편의 논문을 완성한다는 건 당연하게도 보통 일이 아니었습니다.

막연하게 어려울 거라고 생각했지만 끝이 보이지 않는 공부 여정에 길을 잃은 것처럼 눈앞이 캄캄하고 힘들었습니다. 논문 없는 세상으로 도망가고 싶을 지경이었지요. 연구 주제와 관련된 책들을 집중적으로 읽고 탐색하고 추리느라 식사도 제때 못하고 볼살이 쏙 빠질 정도로 에너지가 많이 들었습니다.

우리가 그런 독서를 해야 하는 구간은 인생에서 길지 않습니다. 본격적인 연구자의 길로 들어서지 않는 이상, 아는 즐거움, 배우는 즐거움을 느끼게 되는 독서로도 내 일상을 더 반짝이게 만들 수 있습니다. 관장님의 자제들처럼 삶에서 새로운 시도를 할 때 책을 읽는 것, 막힌 벽 앞에 선 것처럼 인생이 막막할 때 책 속에서 길을 찾는 것, 그 정도면 의미가 차고 넘쳐요.

'책으로 돌아왔다'를 너무 비장하게 정의하지 않아도 됩니다. 인생이 내게 쏟아내는 물음표를 두고 책이라는 친구와 함께 답을 찾아보는 거라고, 조금 가볍게 생각할 필요가 있습니다. 책으로 돌아온 게 이런 의미라면 저희 두 아이는 충실히 실천하고 있습니다.

대학에 간 큰아이가 새로운 인간관계가 힘들다며 집에 있는 윤홍균 작가의 『자존감 수업』을 챙겨 읽더군요. 자신보다는 친구를 먼저 생각하는 심성 때문에 에너지를 많이 써서 피로함을 호소하던 작은아이는 사이토 다카시의 『10대를 위한 관계 수업』을 읽고 '깨달은 바가 컸다'며 친구 관계에서 생기는 어려움을 어떻게 풀어야 할지 많은 힌트를 얻었다며 좋아했어요.

이 책을 읽고 있는 여러분도 인생에서 만난 문제를 두고 책 속에서 답을 찾아가시는 중일까요? 책으로 돌아왔다는 건 바로 이런 의미일 거예요. 지금 이 책을 집중해서 읽으며 "엄마의 일은 어떻게 구하는 걸까?", "육아와 일을 모두 해내는 방법은 없을까?", "아이들에게 책을 읽히는 좋은 방법은?", 여러 생각을 하고 계시는 이 모습. 바로 아이들에게 가르쳐야 할 독서가의 뒷모습입니다.

3
장

온 가족이
함께 읽습니다

오 기쁨이
함께 있습니다

1

독서가인 엄마를 보며
자라는 아이들

프랑스 작가 소피 카르캥의 『글 쓰는 딸들』에서는 재미난 장면이 나옵니다. 이 책은 프랑스의 기자이자 작가인, 소피 카르캥이, 우리에게도 익히 알려진 세 명의 작가, 마르그리트 뒤라스, 시몬 드 보부아르, 시도니 가브리엘 콜레트의 삶과 작품을 그들의 어머니와의 관계를 중심으로 살펴본 책인데요, 중간에 저자가 십 대의 딸과 나눈 대화를 보고 혼자 픽 웃었습니다.

책 읽으라고 잔소리하는 엄마에게 읽을 책이 없다고 말하는 것도(저자의 집은 천장부터 바닥까지 책으로 꽉꽉 차 있는데), 비디오 게임을 하면서 "이것도 읽는 거야. 게임 안에 대화가 나와"라고 대꾸하는 것도 요즘의 아이들과 비슷하네요.

바다 건너 프랑스 엄마도 아이들과 스마트폰 갖고 실랑이 벌이고, 살짝 궤변 같은 논리를 맞다고 우기는 아이를 보며 아연해 하는 걸 보니 동질감 느껴지고 괜히 반가웠습니다. 이런 아

이에게 엄마는 뭐라고 했을까요?

내가 여기서 책을 노골적으로 떠안기면 아가트가 반발하리라는 걸 안다. 이 소설은 걸작이라는 식의 말을 한마디라도 꺼냈다가는 딸이 하품으로 응수해 올 것이다. 내 안에서 울렁이는 열광은 억눌러야 한다. 장애물을 뛰어넘으려면 말고삐를 꽉 쥐어 잡아야 하는 것과 마찬가지다.

"나한테 아주 소중한 책이야. 『태평양을 막는 제방』인데 여기서 네가 찾는 걸 만날 수 있을지 몰라. 발자크 작품처럼 묘사가 길게 이어지는 책은 아냐⋯."

(중략)

아가트는 스마트폰 화면에서 눈을 뗀다. 전화기를 왼손으로 옮겨 쥐어 오른손을 비운다. 오른손으로 책을 집어 들 생각이 있는 것이다.

"열여섯 살 사춘기 여자아이의 이야기야. 이름이 쉬잔인데, 어떤 남자를 만나게 돼. 배경은 베트남이야. 여자아이와 그 어머니의 관계에 대한 이야기인데⋯. 그 관계가 좀 묘해. 너도 읽어보면 알 거야. 이 책을 처음 만난 날, 나는 손에서 책을 떼어놓을 수 없었어."

아가트가 책을 집어 든다. 흥미를 느끼는 표정이다.

(중략)

아이가 책 속으로 빠져드는 모습을 보는 건 매번 가슴을 흔들어 놓는다. 그 순간 아이의 모습은 엄마의 손을 놓고 혼자 발걸음을 떼어놓는 모습과 어딘지 닮았다.

– 『글 쓰는 딸들』, 소피 카르캥

발자크 작품처럼 묘사가 길게 이어지는 작품은 아니라는 말에 맘속으로 물개박수 치며 맞장구쳤습니다. 아이들은 묘사가 긴 고전을 읽기 힘들어하잖아요. 아이가 지레 겁먹고 안 읽을까봐 말 한마디도 조심조심하는 엄마 모습이 왜 이리 익숙한지요. 책 속으로 빠져드는 모습을 보며 혼자 첫걸음마를 하는 아기를 떠올리는 마지막 문장은 모든 엄마의 마음을 대변하는 것 같습니다.

그러고 보니 저도 『호밀밭의 파수꾼』을 독서 모임에서 읽고 온 날 아이에게 말했었네요. 엄마가 청소년 시기에 이 책을 읽었더라면 큰 위로를 받았을 텐데 이제야 홀든을 알게 되어 안타깝다고. 부자 부모들한테만 아첨하는 교장 선생님을 보며 환멸을 느끼는 홀든, 망나니 같지만 수녀님들의 궁핍한 사정을 헤아리며 마음 아파하는 홀든, 거칠고 무모해 보이지만 동생 피비를 살뜰하게 챙기며 이 땅의 '파수꾼'을 꿈꾸는 홀든.

사실은 너무나 정 많고 외로움에 몸부림치는 주인공이지요. 여러모로 매력적인 캐릭터고, 청소년 시절 알았다면 지금과는 또 다른 공감대를 형성하며 읽을 수 있었을 텐데 이제야 제대로 읽은 게 아쉽다고 말했습니다.

아이한테 읽으라는 말은 한마디도 안 했는데 어느새 아이가 슬그머니 책을 가져가서 침대 머리맡에 뒀더라고요. 자기 전에 읽는다면서. 나중에 보니 제법 읽었습니다. 개학한 뒤로는 바빠서 진도가 안 나가는 눈치인데 언제 한번 슬쩍 물어봐야겠습니다. 네가 보기에는 홀든이 어때 보이냐고요. 책 좋아하는 엄마가 대화 상대로 꽤 적합하다고 아이가 자연스레 느끼는 것도 기대해 보면서요.

2

아이와 책 수다를
떠는 방법

읽고 쓰는 걸 업으로 사는 사람이지만 저도 읽기 싫은 책이 있습니다. 분명히 읽어야 하는 책인데 읽기가 싫어서 자꾸 그 책은 뒤로 밀고 다른 책을 꺼내 듭니다. 마치 시험 때 소설책 읽으면 너무 재미있는 것 같은 마음이랄까요. 이럴 때 활용하는 게 독서 모임입니다.

엄마들과 민음사 고전을 읽는 독서 모임을 한 적이 있는데요, 그때『레미제라블』다섯 권을 완독했습니다.『레미제라블』은 분명히 대단한 작품이지만 다섯 권을 내리읽는 게 생각보다 품이 많이 들어요. 중간에 쉬고 싶기도 했고요.

하지만 정해진 날짜까지 읽기로 약속한 이상 미룰 수 없다는 생각에 끝까지 붙잡고 읽었어요. 세 권짜리『카라마조프의 형제들』도 다 읽고 책장을 덮을 때 엄청난 감동이 머리 위를 덮는 느낌이었는데『레미제라블』은 더했습니다.

다섯 권짜리 작품을 마침내 읽은 것도 뿌듯했지만 모임 회원들이 이 작품을 어떻게 읽었을지가 너무 궁금해지는 거예요. 어떤 이야기를 나눌지 간단히 메모하면서 설렜던 기억이 납니다.

아이들도 마찬가지예요. 아이한테 책을 읽으라고만 하지 마시고 같이 읽어 보세요. 아니, 먼저 읽고 이야기해 주세요. 이때 어떻게든 이 책을 읽혀야 한다는 의도가 드러나서는 곤란합니다. 부모님이 진정한 독서가가 되어 먼저 즐긴 감상을 말씀해 주시는 게 좋습니다. 그냥 수다 떨듯이요.

얼마 전에 프레드 울만의 『동급생』을 무척 재밌게 읽었습니다. 아이한테 이 책을 권해주고 싶더라고요. 그래서 책을 들고 멍한 표정으로 갔습니다.

"○○야, 엄마 지금 너무 충격받는 중이야."

"왜? 무슨 일 있어?"

"이 책 때문에 지금 말을 못 하겠어."

"왜왜?"

"정말 이 책은 마지막 한 줄이 엄청나. 그 마지막 한 줄을 읽기 위해서 읽는 책이라 해도 과언이 아니야."

"그래?"

"응, 수많은 반전 영화, 반전 책을 봤지만 이런 반전은 처음이야. 지금 충격으로 멍하다."

아이가 저의 표정을 살피면서 말했어요.

"진짜? 와, 나도 궁금해져. 무슨 반전일까?"

"엄청나. 이거 읽을 거야? 읽을 거면 절대로 모른 채 봐야 해. 안 읽을 거면 내가 얘기해 줄게. 엄마 입이 엄청나게 근질거려."

"아, 잠깐잠깐! 흠…. 나 읽어 볼래. 말하지 말아 줘!"

요즘 별로 읽을 책이 없다며 드라마 정주행을 열심히 하던 아이가 『동급생』을 읽기 시작합니다. 이튿날 아이가 책갈피 끼워 놓은 부분을 보니 반이나 읽었더군요. 아이한테 다 읽은 다음에 엄마랑 꼭 그 '반전'에 대해 이야기 나누자고 했습니다. 아이도 엄마와의 책 수다를 내심 기대하며 열심히 읽는 눈치입니다.

아이와 나누는 책 수다는 여러 면에서 유용합니다. 아이한테 독서를 환기한다는 점도 좋지만 겉도는 대화가 아니라 사람과 세상에 대해 서로 깊이 있는 이야기를 나누게 해 주거든요.

저희 아이들은 독서 양이 또래보다 압도적으로 많다고 보기는 어렵지만, 학교 가서 발표하거나 글을 쓰면 선생님들이 '어휘력이 뛰어나다', '또래보다 높은 수준의 단어를 쓴다'라는 피드백을 주시곤 합니다.

그 어휘 중 상당수는 저와 나눈 책 수다에서 자연스레 배우지

않았을까 싶습니다. 이런 책 수다가 가능하려면 부모가 먼저 독
서를 즐기는 사람이 될 것, 아이랑 격의 없이 대화를 나눌 정도
로 사이가 좋아야 한다는 것. 두 가지가 전제되어야 합니다.

3

책은
위험하다

"강사님 말씀대로 저는 책을 많이 읽는데, 아무리 제가 읽어도 아이들은 안 읽어요. 그나마 초등 때는 좀 읽는 흉내라도 내더니 중고생이 된 지금은 더 안 읽는데, 어떻게 된 일일까요?"

부모가 독서가로서 어느 정도 모범을 보여야 아이들 지도가 더 수월히 이루어진다는 이야기를 하니 한 어머니가 하소연하듯이 말씀하시더군요. 그래서 말씀드렸습니다.

"맞아요, 저희 큰애도 어릴 때는 정말 많이 읽었는데 사춘기 때는 주춤하더라고요. 제가 항상 책을 끼고 사는데도 말이죠. 그런데 요즘은 너무 열심히 읽어요."
"아, 정말요?"
"네, 대학생이 된 다음 책을 무섭게 읽습니다."

제 말에 약간은 아쉬운 표정을 지으시는 걸 보면서 그 마음을 짐작할 수 있었습니다. 대학생이 된 다음 읽어봐야 뭐 하느냐는 거지요. 어릴 때부터 독서 습관 잡고 공부해서 좋은 대학 가야 할 건데, 이미 대학이 결정된 다음에야 책을 잘 읽기 시작하는 건 부모 입장에서 별로 다가오지 않는 이야기였나 봅니다.

우리나라 20대 독서율이 초등학생보다도 낮다는 건 알고 계시나요? 초등학교 때부터 독서 학원이다, 논술 학원이다, 등 떠밀려서 읽던 아이들은 대학에 입학하자마자 지겨운 의무에서 해방되었다는 듯 절대로 책을 읽지 않습니다.

우리 사회의 대입 제도와도 맞물린 문제겠지요. 대학 등록금이 거의 무상인 대신, 들어가기는 쉽지만 웬만큼 열심히 공부하지 않으면 졸업하기가 어려운 유럽의 대학들과 달리 우리는 대학에 들어가기는 너무 어렵지만 졸업은 어지간하면 다 합니다. 학점이 좋냐 나쁘냐 정도 차이는 있겠지만요.

학창 시절에는 대입에 유리한 독서 능력을 키우느라 책을 들춰봤지만, 대학에 들어간 다음에는 취업에 유용한 공부만 하느라 오히려 책을 멀리하는 실정입니다. 그런 상황이니 대학 간 다음에 책을 읽는 게 다 무슨 소용이냐는 마음이 들 것 같습니다.

하지만 제 아이의 독서 이력을 보니, 관심 분야가 명확해지고 그 깊이가 더해지고 있어서 지금 휘몰아치듯이 하는 독서가 어떤 방식으로든 아이 삶에 자양분이 될 거라 생각합니다. 그것이 당장 입시나 취업에 보탬이 되는 방식이 아니더라도요.

─

얼마 전 중학생들과 함께 헤르만 헤세의 『수레바퀴 아래서』를 읽고 독서 수업을 했습니다. 아이들은 고분고분하고 착실했던 주인공 한스가 자유로운 영혼을 지닌 친구 헤르만 하일너를 만나 일탈하게 되는 걸 보면서 처음에는 '이렇게 위험한 친구 하일너를 안 만나는 게 좋았겠다'라고 말하기도 했습니다. 그러나 몇 회 수업에 걸쳐 이 책을 요모조모 뜯어보면서 점차 아이들 생각이 변하는 게 보였습니다.

아버지와 마을 어른들의 과도한 기대와 압박에 짓눌려 그저 신학교 졸업이 인생의 다인 줄 알았던 한스가 하일너를 통해 차츰 숨통이 트이게 되었다는 걸 이해하게 된 거예요. 자유롭고 열정적인 하일너를 통해 한스의 숨 막히고 단조로운 일상에 변화가 왔고, 한스는 이 우정을 소중히 여깁니다.

꽉 막힌 학교 분위기 탓에 하일너랑 친해진 대가를 쓰게 치러야 했지만 하일너를 만나 한스의 삶이 잠시나마 반짝거렸다는 것을, 아이들도 깨닫기 시작했습니다. 아무 위험도 없고 안전해 보이지만 자유의지가 결핍된 새장 안의 삶이란, 겉으로 보이는 평화스러운 모습과 달리 당사자에게는 숨통을 조이는 고통이란 걸 느끼게 된 거지요.

책도 마찬가지로 위험할 수 있다고 생각해요. 헤르만 헤세 또한 그의 산문집 『헤르만 헤세의 책이라는 세계』에서 책에는 '나름의 위험성'이 있다고 말했습니다. 이때의 위험성은 단순히 음란, 폭력물 등 불건전한 책을 읽어서 안 좋은 영향을 받게 될지 모른다는 뜻은 아니에요.

책을 읽고 인식에 지각 변동이 일어나, 세상의 낡은 규범이나 질서에 반기를 들고 진정한 자아를 찾느라 세계와 맞서는 한 사람으로 거듭날 수도 있다는 것이지요. 부모 입장에서는 달갑지 않을지도 모르겠습니다.

그럼에도 헤르만 헤세는 이 위험성이 과연 풍성한 책의 세계를 결여한 삶이 갖는 위험성보다 더 큰 것이냐고 묻습니다. 풍성하고 다채로운 책의 세계가 결여된 단조로운 삶이 과연 행복할 수 있냐는 겁니다. 책을 읽어서 위험해지더라도, 『데미안』의 싱클레어처럼 알을 깨고 새로운 세계로 나오는 게 낫다고 알려주는 것 같습니다.

대학생이 되어서 책을 다시 읽는 것, 책을 읽어서 지금까지의 안온한 삶에 의문을 품고 더 큰 혼돈에 휘말리는 것. 이런 것들이 모두 의미가 없는 것일까요? 뒤늦게 위험한 책의 세계를 탐험하며 젊은이로 새로운 방황을 시작한 큰아이를 보면서 위험한 책의 의미를 되새기게 됩니다.

4

독서가 자존감 높이는 데
도움이 되나요?

"결혼정보회사에서 알려주는 먼저 품절 되는 사람 특징 세 가지"

"자신을 브랜딩해서 몸값을 높이는 방법"

"우리 아이 수학 영재로 만들어 명문대 보내는 비법"

"운 좋은 사람들은 이렇게 사람을 사귄다"

하루에도 끝없이 쏟아지는 각종 광고를 보노라면 세태 변화를 느끼게 됩니다. 짧다면 짧고, 길다면 긴 반백 년을 살면서 우리 사회가 사람이든, 자기 자신이든 무엇이든 비싼 값에 파는 것을 무척이나 중시한다는 느낌이 들어요.

자식 교육도 명문대 입학이라는 뚜렷한 성과가 있어야 부모의 노력이 보상받는 것처럼 생각하고, 심지어 운까지 끌어들여 다른 사람들을 제치고 성공하는 것을 인생에서 제일 우선순위에 두는 듯합니다.

그러나 철학자이자 소설가인 알랭 드 보통이 강연에서 말했던 것처럼 대단한 성공을 거두는 사람은 정말로 극소수에 불과합니다. 그는 중세 봉건 시대에 평민이 귀족이 되는 것만큼이나 현대 사회에서도 큰 성취를 거두는 게 어려운 일인데, 많은 매체에서 노력하면 누구나 할 수 있는 것처럼 떠드는 바람에 요즘 사람들은 불필요한 죄책감까지 지니고 산다고 했지요. 모두가 빌 게이츠나 스티브 잡스처럼 성공할 수 있는 게 아닌데 그들이 노력한 사람들의 표준처럼 되면서 거기에 이르지 못한 사람들이 자신을 낙오자처럼 느낀다는 겁니다.

특히 우리나라는 유독 이런 경쟁과 비교가 심한 나라로 주목받고 있습니다. 『신경 끄기의 기술』을 쓴 마크 맨슨 작가는 한국을 '세계에서 가장 우울한 나라'라고 일컬으며 이는 '자본주의와 유교 문화의 단점만 흡수했기 때문'이라고 했습니다.

건강한 개인주의가 자리 잡지 못해 옆 사람과 자신을 끝없이 비교하는 풍토나, 공동의 현안에 대해서는 무관심한 채 물신주의로 가는 세태의 문제를 지적한 것으로 보입니다.

저는 이 시류에 휩쓸리지 않기 위해 중요한 것이 독서라고 생각해요. 실용서나 자기 계발서는 좀 다를지 모르지만 대부분의 소설이나 심리학, 역사, 철학을 다룬 책에서는 현대 사회에서 중시하는 돈과 힘보다는 사람이 살아가는 데 본질적으로 무엇이 중요한지 묻고 있거든요.

우리는 이미 돈만으로 사람의 행복이 충족되지 않는다는 걸 잘 알고 있습니다. 기본적인 의식주가 해결되지 않을 정도로 궁핍하다면 문제가 되겠지만, 우리나라가 세계에서 제일 궁핍한 나라여서 세계에서 가장 우울한 나라가 된 건 아니잖아요.

소설은 대부분 실패하고 쫓기고, 인생에서 나락으로 떨어지거나 방황하는 사람들의 이야기가 많습니다. 『죄와 벌』의 라스콜리니코프와 『이방인』의 뫼르소는 살인자고, 『적과 흑』의 야심만만한 청년 쥘리앙 소렐은 결국 처형당하지요. 『안나 카레니나』의 안나 역시 외도하다가 비운의 인생을 마감하고요. 『수레바퀴 아래서』의 한스 기벤라트는 가정과 학교의 권위에 짓눌려 피어나기도 전에 짓밟히는 인물입니다.

이런 실패자들의 이야기가 100년, 200년이 지나도 왜 전 세계적으로 읽히는지 생각해 볼 필요가 있습니다. 문학은 눈에 보이는 일차원적인 세계가 아니라 인간 삶의 깊숙한 심연을 다루고 있어요.

우리에게 홍수처럼 쏟아지는 매체와 광고, 주변 사람들의 가벼운 수다는 우리의 자존감을 공고히 하기보다는 함부로 평가하고 끌어내리기 일쑤입니다. 이럴 때는 인간적 진실을 찾아가는 이야기를 통해 자신을 좀 더 입체적으로 구현해 보는 것이

도움이 됩니다.

윤홍균 작가의『자존감 수업』에서도 이에 대한 이야기가 나옵니다. 저자는 '자신의 사회적 가치를 잘 인식하고 있는 사람들은 자기 정체성을 어느 한 가지에서만 찾지 않는다'라며 '많은 역할 정체성 중에 어떤 것에서는 자존감이 낮고 어떤 것에서는 자존감이 높을 수 있다. 자녀에게는 무뚝뚝한 아빠지만 아내에게는 더할 나위 없는 남편일 수도 있고, 회사에서는 평범한 대리지만 동호회에서는 최고의 리더일 수 있다'라는 점을 강조합니다.

즉, 나라는 사람을 '공부 못하는 아이', '가난한 사람', '실업자'처럼 세상이 정의하는 대로 내버려 두기보다는 '공부는 열심히 못 했지만 어려운 가정 형편에도 불구하고 친구들과 농담도 잘하는 낙천적인 성격을 지닌 사람', '10년간 다닌 직장을 출산 때문에 그만뒀지만 두 아이를 잘 키우고 인생 2모작을 준비하는 중년의 열정적인 취업 준비생'처럼 입체적으로 기술하는 게 중요하고 이 힘은 독서에서 나온다고 생각해요.

문학은 우리의 일상을 촘촘하게 따라가면서 우리가 놓치는 세상을 보여줌으로써 '나라는 사람'의 퍼즐을 완성하는 데에 중요한 힌트를 줍니다. 자녀에게 책을 읽혀야 하는 이유는 여기에 있습니다. 스스로 '나'라는 퍼즐을 잘 완성함으로써 세상의 풍파에 맞설 단단한 자존감을 갖게 만드는 것이지요. 돈보다, 힘보다, 그 어떤 운보다 부모가 물려줄 중요한 유산이라고 생각합니다.

5

독서,
삶의 환기구

명절에 친척 집 방문을 위해 길을 나섰는데요, 2017년에 개통된 서울 양양 고속도로를 타게 되었습니다. 이 도로에는 터널이 아주 많습니다. 한 방향에만 63개, 양방향에는 124개가 있다고 합니다. 그중에 가장 긴 터널은 약 11Km입니다. 교통 상황에 따라 다르지만 평균 시속 60km로 달리면 10여 분 정도 걸리는 거리예요. 고속도로니까 이것보다는 더 빨리 지나겠지만, 막히면 그야말로 깜깜한 곳에 몇십 분 동안 갇혀야 합니다.

이렇게 긴 터널은 처음이라 그런지 가도 가도 계속 터널인데 이상하게 나중에는 숨이 막히는 것 같고 힘들어지더군요. 터널 안이 아니라고 생각하며 조수석에서 눈 감고 마인드 컨트롤도 해봤지만 숨 막히는 느낌은 여전했습니다. 참 이상한 일이죠. 진짜로 산소가 부족한 상황도 아니고 똑같은 차 안인데 바깥의 풍경이 보이지 않는다는 이유로 실제로 신체 반응이 오다니요.

예민한 사람들에게 오는 특이한 반응일 수 있긴 한데요, 사람은 물리적인 편의와 안락함만으로 살 수 없는 존재라는 걸 다시 한번 느꼈습니다. 우리는 의식주가 제공된다 해도 그 이상의 무엇을 갈망합니다. 독서는 그 '무엇' 중 하나에 해당한다고 생각해요. 책을 읽는다고 당장 돈이 생기거나 빵이 나오는 게 아니지만, 우리 삶에 없어서는 안 될 숨구멍 같은 거죠.

2018년 영국에서는 '고독부'가 신설되어서 화제가 됐습니다. 영국 국민 중 '900만 명이 고독과 외로움을 느끼며 600만 명 이상이 이를 숨기는' 문제를 정부가 포착해 이 문제를 개인에게 맡기지 말고 사회가 치유해야 한다며 신설했습니다. 고독과 외로움을 느끼는 이들의 소통 창구를 정부가 적극적으로 만들어 주겠다는 거예요.

직접적인 빈곤 문제 등과는 별개로 정부가 국민의 마음을 보살피기 위해 나선 겁니다. 외로운 이들에게 필요한 건 서로 연결되어 있다는 소통 창구라는 발상이 저는 신선했어요. 빵이나 돈이 아니라 마음이 중요하다는 걸 사회적으로 인정하고 수용한다는 느낌도 들었고요.

오래전 독서 모임에서 책을 좋아했으나 훗날 자식과 관련된 일 때문에 싫어하게 되었다는 분이 있었어요. 예전부터 집에 책도 많았고, 본인도 책을 무척 좋아하는 엄마였다고 합니다.

이 영향인지 아이가 어릴 때부터 책을 좋아하고 공부도 잘해서 유명 대학에 들어갔습니다. 그러나 아이가 대학교를 들어가자 폭탄선언을 했어요. 인문학 책과 철학책 등 수많은 책을 읽다 보니 자기 삶이 너무 가짜 같고, 부모님을 기쁘게 하기 위해 들어간 대학의 졸업장은 쓸모없다는 생각이 들어서 안 다니겠다는 거예요. 학창 시절 내내 모범생이기만 했던 자식의 비수 같은 말에 상처받은 엄마는 책이 너무 싫어져서 한동안 서재 방에 발걸음도 안 했다고 합니다.

저는 이 이야기를 들으면서 속으로 자식을 정말 잘 키우셨다고 생각했어요. 물론 일시적으로 속상하고 당황스러울 수는 있는데, 부모가 프로그래밍한 대로, 부모의 인형으로 살지 않고 이토록 적극적으로 자기 삶을 찾아가는 아이에게 박수라도 보내고 싶더군요.

독서의 목적을 눈에 보이는 실질적 기여, 예를 들어 부와 명예, 의식주의 안락함, 주위의 선망과 동경 등으로 한정한다면 자식이 이렇게 훌륭한 말을 하는데도 그 말에 화만 나고 외려 책이 미워지기까지 할 거예요. 만약 자식이 이런 말을 한다면 쉽지는 않겠지만, 내가 자식을 정말 잘 키웠다고 자부심을 느끼시면 좋겠습니다.

터널이 끝나 다시 밝은 빛이 쏟아지는데, 좀 과장하자면 스티븐 킹의 원작을 영화화한 〈쇼생크 탈출〉의 앤디가 탈출했을 때처럼 쏟아지는 햇빛에 숨이 탁 트이면서 벅찬 마음이 들었어요. 계속 봐서 지루하다고 생각했던 초록의 물결도 너무 반가웠고요. 우리 삶이 어딘가 막혀서 답답할 때 그렇게 한 줌 볕이 되고 환기구가 되는 독서. 그런 맥락의 독서를 우리 자녀들이 할 수 있도록 부모님이 많이 지지해 줘야 한다고 생각합니다.

6

책육아를 넘어
가족 인문학 공동체

대학생이 된 큰아이는 요즘 사전에서 단어 찾는 즐거움에 푹 빠졌습니다. 며칠 전에도 '경외하다'와 '경이롭다'의 차이를 묻더군요. 단어의 문맥적 의미는 아는데 사전적 정의를 정확하게 말하려니 저도 좀 막혔습니다.

"엄마도 그렇지? 나도 막연하게는 알고 있는데 사전 찾아보니 재밌었어. '경외하다'는 '공경하면서 두려워하다'이고, '경이롭다'는 '놀랍고 신기한 데가 있다'란 뜻이래."

'꼼꼼히 챙겨서 보지 않아 몰랐는데 네 덕분에 알게 되었다'라고 말해 주자 한층 신난 아이가 덧붙입니다.

"또 있어! 엄마 '고동치다'란 말의 뜻이 정확히 뭔지 알아?"

"아, 아마 심장이 두근거린다는, 그런 뜻 아닌가?"

"응, 심장이 심하게 뛴다는 뜻도 있지만 '희망이나 이상이 가득 차 마음이 약동하다'란 뜻도 있어. 난 이제 어른이지만 아이처럼 단어를 하나하나 찾다 보면, 내가 다 안다고 생각했던 세상을 하나씩 더 알아가는 기분이 들어."

큰아이가 하는 말을 들으니 단어가 넓혀 주는 세상이 그려져 저도 덩달아 기분이 좋았습니다. 몇 년 전 가게 주인이 '심심한 사과'라는 말을 썼다가 고객이 오해해 화를 냈던 사건이 있었죠. 일각에서는 문해력 저하를 걱정했지만 장은수 출판평론가는 이 사건에서 중요한 것은 지식이 아니라 태도라고 했습니다. '낯선 말을 접했을 때 태도'가 어땠는지가 더 문제라는 거예요. 사전 한번만 찾아보면 되는데 대뜸 상대방을 공격부터 했으니까요.

낯선 단어가 아닌, 익숙한 단어도 사전을 찾아보면서 이렇게 새로운 희열을 느낄 수 있는데 말이지요. '고동치다'란 단어 덕분에 우리 모녀는 희망이나 이상이 마음속에 차오르는 느낌이 어떤 것인지 이야기를 나눴습니다.

언어란, 그리고 책이란 이런 것인가 봅니다. '고동치다' 단어 하나로도 이렇게 이야기를 나누고 정서적인 교감을 주고받을 수 있는데, 책 한 권이 가족에게 선사해 줄 수 있는 이야깃거리는 얼마나 많을까요. 책 덕분에 가족이 서로를 더 깊이 이해하게 되는 풍경은 얼마나 아름다울까요. 이렇게 무궁무진한 가능성이 있는 독서가 가족 내에서 이 책 읽어라, 저 책 읽어라, 놀지 말고 책 좀 읽어라, 실랑이하는 주제가 되고 있다는 사실이 조금 안타깝습니다.

사실 독서도, 학습도, 그 무엇도, 부모 자녀 간 관계가 어긋난 상태에서 잘 이루어지기는 매우 힘듭니다. 아동기까지는 부모가 일상 속 생활습관을 가르쳐야 하는 게 중요하지만 사춘기에 들어선 이후에는 부모 자녀 간 사이 좋은 게 거의 전부라고 해도 과언이 아닙니다.

이 시기에는 부모가 아이를 무턱대고 꾸짖는다고 해서 쉽게 바뀌지 않습니다. 더욱이 부모랑 사이가 나쁜 아이들은 그 문제에 많은 정신적 에너지를 쓰기 때문에 과제를 해내기가 어려운 상태가 되어버립니다. 40년간의 소아정신과 임상 경험을 정리한 노경선 박사의 저서 『아이를 잘 키운다는 것』에서, 정서적 안정을 강조하는 이유입니다. 이 책에서는 부모님이 중심을 잡고 다정한 안내자로서 역할을 다할 때 아이도 불안, 불신, 수치심 등 부정적인 감정에 휩싸이지 않고 제 몫을 하는 한 사람으로 성장할 수 있다고 강조합니다.

부모님들 중에 종종 '말이 쉽지, 부모도 사람인데 아이한테 화도 내고 소리칠 수도 있지 않냐'라고 항변하시는 분도 있습니다. 저도 부모의 무조건적 희생에는 동의하지 않고 특히나 과장된 모성 신화에는 더욱 반대합니다. 그러나 부모가 자기 감정을 소중히 여기는 것과 자신이 화난다고 아이에게 공격적인 말을 마구 내뱉는 것은 전혀 상관없는 일입니다. 그건 아이가 내가 보살피는 약자라고 해서 내 감정의 쓰레기통이 되어야 한다고 우기는 것밖에 안 되겠지요. 세상 어떤 누구도 상대의 감정 쓰레기통이 돼도 괜찮은 사람은 없습니다. 감정을 갈무리하는 것은 본인 몫입니다.

아이를 키우면서 나의 바닥을 봤던 것 같습니다. 항상 사회적 약자의 울분을 이해하고 그들 편에 서서 생각해야 한다고 강조했지만, 가장 가까이에 있는 '아이'라는 약자를 하나의 온전한 인격체로 존중하기 위해서는 엄청난 노력이 필요했습니다.

저 또한 학교와 가정에서 그런 식으로 존중받고 자란 세대는 아니었으니 제가 받아보지 못했던 존중을 실천하는 게 쉽지 않았습니다. 매일 수행하는 마음으로 오늘 하루 아이에게 화내지 말아야지, 함부로 소리 지르지 말아야지, 다짐하고 또 다짐했습니다.

이런 노력이 억울하게 느껴졌냐고요? 그럴 때도 있었습니다. 왜 나는 받아보지 못했던 서구의 이상적인 교육을 자식한테 하려고 이토록 애써야 할까, 혼자만 애쓰는 게 억울한 마음도 들었습니다. 그러나 이제는 자식 덕분에 나에게 큰 기회가 왔다고 생각합니다. 자식을 존중하는 진짜 부모가 되기 위해 몸부림치다 보니 비로소 제가 진정한 어른에 한 발 더 가까워졌다고 자부합니다.

독서 교육도 결국은 나 먼저 다독가로서 모범을 보이고, 내가 먼저 책 속에서 길을 찾고, 나부터 책 읽는 기쁨을 느껴봐야 제대로 이루어집니다. 아이한테 모범을 보이고자 시작했던 일이 어느새 저의 일상이 되고 저의 커리어로 자리 잡기 시작했습니다. 그리고 '고동치다'의 단어 뜻을 찾는 것만으로 설렘을 느끼는 아이로 키웠고, 그 아이와 많은 이야기 탑을 쌓게 되었습니다.

오래전 부모 교육을 받을 때 그런 말을 들었어요. '자녀가 부모를 이해하는 대화를 하려 하지 말고, 부모가 자녀를 이해하게 되는 대화를 하라'라고요. 아이들은 어른의 경험이나 언어를 이기기 어렵습니다. 아이 앞에서 내 박식함을 자랑하며 기어이 아이 말이 틀렸음을 증명하는 부모는 아이가 뻗어 나갈 기운을 열심히 꺾는 것입니다. 아이한테 책을 갖고 지적하는 마음을 접고, 책을 매개로 그간 못 했던 허심탄회한 대화를 시도해 봐야 합니다.

학부모님 수업에서 '가족 인문학 공동체'를 언급하면 은근히 부담스럽게 느끼십니다. 거창한 어떤 것을 떠올리고 대단한 소양을 지닌 소수의 사람이나 할 수 있는 것처럼 여기시지요. 가족 인문학 공동체라고 해서 식탁에서 '빅토리아 시대 사회상'이라도 읊어야 하는 건 아닐 거예요. 단어 하나로도 이야기를 나눌 수 있는 가족 간 친밀함이 있으면 되고, 삶에 어려움이 닥쳤을 때 책을 매개로 대화할 수 있는 넉넉함이 있으면 됩니다.

이 챕터를 다 읽으신 독자 여러분이 당장 오늘부터 식탁에서 아이에게 이 책을 읽은 소감을 말씀해 보시면 좋겠습니다. 처음에는 어색하고 국어책 읽는 사람처럼 딱딱하게 말이 나가더라도 자꾸 하다 보면 자연스러워집니다.

언젠가는 아이가 먼저 "나 오늘 이 책 읽었는데 되게 재밌어"라고 이야기를 꺼낼지도 모릅니다. 물론 아이들의 속도는 제각각 다르니 꽤 오래 기다려야 할지 모른다고, 그럼에도 즐겁게 기다리겠노라고 마음을 다잡으시는 게 좋습니다. 그렇게 기다리다 보면 아이는 물론 나 자신이 훌쩍 성장해 있는 신기한 체험을 하시게 될 거예요.

PART 2

놀이로 소통하는 엄마는 멀리 본다

- 놀이로 세상과 소통!

원영

1
장

엄마의 삶,
경력이 됩니다

영원히 산

엄마의 산,
정원이 됩니다

1

성장하는
겨울

　놀이 강사를 시작한 지도 어느덧 8년째네요. 인생은 늘 우연으로 시작해서 인연으로 해석됩니다. 심심하던 차, 호기심에 내디딘 발걸음이 지금을 만들었습니다. 2016년 봄에 지금을 상상할 수 있었을까요. 결혼 후 경력이 단절되었던 긴 시간 속에서 낮아지던 자존감 탓에 미래가 불안하기만 하던 그때, 지금이 있을 거라고 생각이나 했을까요. 사람 일은 한 치 앞을 모른다고 하더니 지나온 시간 동안 많은 일이 있었습니다.

　동작구 평생학습관 지원관의 권유로 지역아동센터에서 우연처럼, 선물처럼 첫 수업을 시작했습니다. 짧은 순간이었지만 놀이가 수업이 된다는 것을 알게 되고, 놀이에 집중하는 아이들을 보면서 보람도 느낀 강력한 첫 수업. 이를 시작으로 본격적인 놀이 강사의 길을 걷게 됩니다.

경력이 긴 시간 단절되었다가 사회로 나오게 되면 화려했던 과거로 돌아가기 어렵고, 사회로 나오는 길을 찾기도 쉽지 않습니다. 떨어진 자존감과 자신감을 끌어올려야 하는 예열의 시간이 꼭 필요합니다. 전 그 예열의 시간을 봉사로 보냈습니다.

서울 평생교육 봉사단(현 서울 평생교육 지원단)에서 활동하면서 학교 안으로 놀이 수업 봉사를 들어갔습니다. 한 학교, 두 학교 수업을 들어가다 보니 자신감도 생기고, 수업의 만족도가 올라갈수록 자존감도 상승했습니다. 봉사로 시작된 놀이 수업으로 정식 계약을 하게 되고, 봉사자가 아닌 놀이 강사의 자격으로 다양한 곳에서 강의하게 되었습니다.

40대 중반의 겨울, 감사한 마음을 꾹꾹 담게 되면서 세상을 조금은 알아가고, 꿈의 의미를 알아가고 있습니다. 세상을 참 더디게 배워갑니다. 나이의 무게를 입에 달고, 신중함은 귀에 심고 존중하는 시선을 담아내려고 애를 쓰며 하루하루 버티면서 아주 천천히 어른이 되어가고 있어요.

2

당신의 직업은
무엇입니까?

    어느 날은 책놀이 봉사를 하고, 어느 날은 혁신교육지구 활동을 하며, 가끔은 마을 탐방을 이끌고, 수시로 놀이를 들고 세상에 나아갑니다. 이력서에 경력을 적는 칸이 부족할 정도로 다양한 활동을 하고 있었습니다. 여러 활동 중에 한 꼭지가 되는 학부모책은 매년 서류 전형을 걸치고, 면접을 통과해야 합니다.

    3월이 되어, 서울시 교육청에서 '학부모책 활동가'를 선발하는 면접을 보러 갔습니다. 한두 번 본 면접이 아닌데 매번 떨립니다. 면접관 앞에 앉았습니다. 긴장된 마음을 두 손 꼭 붙잡아 가라앉혀 봅니다. 자기 소개가 끝나고 면접관의 질문이 이어집니다.

    "당신의 직업은 무엇입니까?"
    이력서를 넘겨보던 면접관이 고개를 들어 질문합니다.

"저의 직업이요? 저의 직업은……. 저의 직업은 엄마입니다."

대답한 저도, 대답을 들을 면접관도 멋쩍은 웃음과 둘 다 엄마이기에 그럴 수 있다는 무언의 동의가 담긴 끄덕임을 주고받았습니다. 면접을 마치고 나오는 길에 면접관의 질문이 계속 맴돌았습니다.

직업은 '생계를 유지하기 위하여 자기 적성과 능력에 따라 일정한 기간 계속하여 종사하는 일'이라는 사전적 의미를 지니고 있습니다. 하고 있는 일 중에 그 조건에 맞는 일이 있는가? 아무리 생각해도 없었습니다. 그나마 지속적이고 장기적으로 변하지 않는 역할이 '엄마'였습니다. 좋든 싫든 엄마가 된 그 순간, 변하지 않고 지속하는 역할을 하게 됐으니까요. 결혼 전엔 출퇴근하던 직업이 있었지만 결혼 이후에는 오랜 기간, 출근은 했는데 퇴근이 없는 '육아'를 해왔습니다. 엄마를 직업으로 생각해도 되겠죠.

'나의 직업? 지금 나는 어떤 일을 하고 있지?'

면접을 보고 온 날 저녁, 하던 일들을 천천히 정리해 봤습니다. 가끔은 누군가의 질문 덕분에 발걸음을 잠시 멈추고 늘어놓은 주변을 차근차근 정리하게 됩니다. 때론 질문과 함께 주변을 정리하며 삶을 천천히 돌아보는 것도 필요한 과정입니다.

3

삶을 경력으로
만들어 보세요

인생은 뜻하지 않는 변수로 가끔 멈출 때가 있습니다. 결혼과 출산이 그런 것 같아요. 나름대로 계획하고 준비한 결혼과 출산이라고 자부하더라도 자신의 의지와 상관없이 벌어지는 일들이 있습니다. 버티면 지나가기도 하지만 가끔은 그 변수들이 벽이 돼 버리기도 합니다.

결혼하고 살던 곳을 떠나 홀로인데, 출산까지 이어지면서 사회에서 격리된 듯 벽이 보이는 창을 바라보아야 했습니다. 순식간에 과거가 되어버린 사회생활은 꿈처럼 느껴졌습니다. 바쁜 친구들의 발걸음이 부러웠습니다. 하이힐을 신고 동분서주하던 화려한 시간은 발바닥의 굳은살로 남았습니다. 아이가 잠든 시간 찾아오는 공허는 긴 한숨으로 흐릅니다.

시간이 흐르고 아이가 학교에 가고, 학년이 높아져 갑니다.

사회로 나가고 싶은 마음이 간절해집니다. 하지만 너무 긴 공백은 두려움으로 벽이 됩니다. 높아져 버린 벽을 넘을 수 있을까요? 한숨의 꼬리는 길어지고 고민의 밤은 깊어집니다.

그랬던 제가 지금은 아침마다 길을 나섭니다. 초등학교에 수업을 하러 가고, 평생학습관, 도서관 등 기관에 강의를 하러 갑니다. 평일 일정이 빠듯하여 주말까지 강의를 하러 갑니다. 불과 몇 년 전만 해도 한숨 쉬며 새벽을 보냈는데, 지금은 강의를 준비하느라 새벽을 보냅니다.

결혼 후 가족과의 관계를 풀어가는 과정을 학부모 강의에 넣고, 크고 작은 인간관계에서 일어난 일들은 소통 강의에 녹입니다. 지금은 만나는 놀이를 강의로 만들며 성장 중입니다. 지금 넘기고 있는 책장이, 옆에서 걷고 있는 사람이, 담고 있는 음식이 모두 경력이 됩니다. 그러니 우리는 매 순간을 무의미하지 않게 살아볼 필요가 있습니다.

4

잠 못 드는
아들

"엄마……."

아들이 대화 요청을 합니다. 새벽 기운이 감도는 차분한 거실에 둘이 마주 보고 앉았습니다.

"어머니, 저의 계획을 들어봐 주세요."

아들은 여름이 되기 전 군대에 가겠답니다. 군대 가기 전까지 시간을 어떻게 보낼지, 군대를 다녀와서 편입을 생각 중인데, 엄마의 도움이 필요하다는 이야기를 풀어냅니다. 아들의 고민은 아침이 거실 창을 두드릴 때까지 이어졌습니다.

"네가 세운 계획이 괜찮은 것 같은데, 엄마는 휴학에 대한 경험이 없고, 더욱이 편입에 대한 경험도 없어서 정확히 판단이 서지 않으니, 교수님께 상담해 보는 건 어때?"

다음 날에도 아들의 상담은 이어집니다.

"어머니……."

새벽 기운이 감도는 거실에 아들과 다시 마주하고 앉았습니다.

"교수님과 상담해 봤는데요."

하루만큼 정리된 아들의 이야기를 듣습니다. 다음 날, 그다음 날도 아들의 면담 요청이 이어졌습니다. 드디어 일주일만큼 정리된 데이터를 바탕으로 아들은 군대를 지원했습니다.

시간이 흘러 적정 나이가 되고 군대 입영통지서가 나오면 군대에 가는 것으로 알고 있었습니다. 그런데 원하는 시기에 군대에 가려면 지원해야 한답니다. 입시처럼 분야에 따라 지원 시기와 조건이 다르더라고요. 아들의 고민을 들어주면서 군대에 가는 것도 쉬운 일이 아니라는 것을 알게 됩니다.

"어머니……."

군대를 지원한 저녁, 커다란 아들이 와락 안깁니다. 훌쩍 커버린 아들의 등이 살짝 떨려옵니다. 고민 끝에 군대를 지원하긴 했어도 걱정이 밀려오나 봅니다. 아들이 긴 한숨과 함께 얘기합니다.

"성인이 됐는데, 인생이 너무 어려워요."

20대에 접어든 아들이 선택을 앞에 두고 인생이 어렵답니다. 선택을 어떻게 하느냐에 따라 내일이 바뀌다 보니 선택을 만나면 신중해진다고 합니다. 수학 문제처럼 답이 있으면 좋겠답니다.

아들에게 인생에는 정답이 없다고 얘기를 하면서 정작 제 인생에서는 정답을 찾으려고 어리석은 행동을 하곤 합니다. 정답은 아니더라도 '이게 최선이겠지?' 불안해하는 마음을 달고 살아갑니다. 나이가 들면서 채워진 배경지식으로 현명한 선택을 할 거라 생각했는데, 나이가 들어도 선택은 어렵네요.

"정답이 없어서 선택은 어렵지. 또 한편으로는 정답이 없어서 재미있는 게 인생이기도 해. 정해진 게 없잖아. 엄마도 인생이 쉬운 건 아니야. 새벽마다 엄마를 앞에 두고 고민했던 너처럼 그냥 마음의 소리에 귀를 기울이려고 애를 쓰는 거야. 정말 하고 싶은 것, 또는 해야 하는 것에 집중하는 거지. 그러다 보면 어느새 선택했더라고."

시원찮은 대답을 들은 아들은 어렵다며 긴 숨을 남기고 방으로 들어갑니다. 새벽마다 열리던 고민 상담 시간은 잠시 휴전입니다.

5

"엄마, 성실의 중요성을
이제 느끼고 있어요"

"병무청에 전화해 봤니?"

"네."

"뭐래?"

"고3, 병결로 결석이 많았잖아요. 그런데 병결은 인정 출결이라서 괜찮대요."

"다행이다."

"학점은 어떻게 됐어?"

"1월 4일까지 취득한 학점만 인정한다고 했잖아요. 그런데 제가 학점을 신청한 날짜가 1월 2일이어서 그것도 인정된대요. 학점을 승인받은 날짜가 12일이라서 걱정했는데, 신청 날짜로 인정한대요."

"그것도 다행이네."

"군대 지원서를 쓰면서 엄마가 평소에 얘기하던 성실에 대해 생각하게 됐어요. 고등학교 출결을 보면서 결석을 쉽게 생각했던 저를 반성하게 되고, 학점 관리에 대해 대충 생각했는데, 반성하게 됐어요."

"오호, 성실이 큰 자산이지. 성실이 가장 큰 무기지. 네가 성실하게 살아왔기 때문에 서류 전형에 합격한 거 아니겠니. 이제 면접만 잘 보면 되겠네."

"엄마가 성실에 관해 얘기할 때는 잔소리 같았는데, 이제 무슨 말인지 알 것 같아요."

아들의 멋쩍은 표정에 흐뭇한 미소 한 줌 얹어 줍니다. 시간이 걸려도 아들이 자신의 문제를 스스로 알아보고 해결할 수 있도록 기다려 줍니다. 그러다 보니 조금은 답답하긴 합니다. 그래도 스스로 깨달아가는 아들을 보니 답답함을 참고 기다린 보람이 있네요.

6

부모에게 배운
세상

어린 시절 아궁이에 불을 때는 집에서 살았습니다. 엄마가 부지런히 부엌에서 일하면 저는 아궁이 앞에 앉아서 타닥타닥 장작 타는 소리를 들으며 벌겋게 타오르는 불을 바라보는 걸 너무나 좋아했습니다. 아궁이에 불을 때지 않는 낮에는 마당 화구에 불을 놓아 음식을 했습니다. 그럼, 그 화구 앞에 앉아서 불을 바라봤습니다. 지금 생각해 보니 어쩌면 불이 아니라 부모님의 곁이 좋았던 것 같아요.

가난 속에서 4남매를 키우는 아버지의 삶은 고단했습니다. 성실했던 아버지의 손과 발은 철판에 깔려 뼈가 으스러지는 고통을 감내해야 했습니다. 아프단 소리 제대로 못 내시고 아버지는 어깨의 짐을 묵묵히 지고 세상 찬바람을 버티셨습니다. 그 곁을 어머니도 눈물로 버티셨습니다. 두 분의 고단한 인생을 어찌 감히 논할 수 있겠습니까.

돌이켜 보면 부모님의 한숨을 본 적이 없습니다. 주말이면 좁은 방을 벗어나 하늘을 이불 삼아 달궈진 땅을 온돌 삼아 자연에서 추억을 만들어 주셨습니다. 밤하늘의 별자리 이름은 몰라도 수많은 별을 따라 그림을 그리며 잠들 수 있었습니다. 아버지의 어깨는 바다처럼 넓었고, 어머니의 품은 봄 햇볕처럼 따스했습니다.

그 흔한 잔소리 한 번 하지 않으시고, 그저 묵묵히 자신의 자리에서 당연하듯 움직이셨습니다. 아버지, 어머니의 부지런함을 고스란히 몸으로 보여주셨습니다. 그 모습을 보면서 당연하듯 따라 자랐습니다. 중년이 되어가는 4남매는 부모님의 성실함을 그대로 몸에 담았습니다. 부모님은 돈보다는 사람을 귀하게 여기는 선한 마음을 자식들에게 물려주셨고, 말보다는 온몸으로 세상 사는 법을 알려주셨습니다.

노년을 바라보는 부모님에게 소소한 행복을 누리며 인생을 즐길 줄 아는 여유를 배워갑니다. 가족의 웃음을 우선순위에 두는, 존중과 배려를 담은 양보를 익혀갑니다. 자식들에게 짐이 되지 않으려고 지금도 소일거리를 쉬지 않는 성실함을 존경합니다. 부모님은 자식들의 삶과 자신들의 삶을 밀착시키지 않으려고 적극 세상을 살고 계십니다. '건강한 독립'의 과정을 온몸으로 보여주시는 부모님을 계속 따라가 봅니다. 그 길을 저희 아이도 따라오겠죠.

7

엄마 경력 20년,
독립 중입니다

　초등학교 1학년 입학식, 잡고 있던 손을 놓고 아이가 뚜벅뚜벅 걸어서 반 표지판을 향해 갑니다. 몸집만 한 책가방을 메고 실내화 주머니를 들고 친구들 사이에 섭니다. 유치원 입학할 때는 그저 귀엽기만 했는데, 초등학교 입학은 왜 이렇게 뭉클한지 모르겠어요. '언제 저렇게 컸을까?' 기특한 마음과 반나절을 혼자 버텨야 한다는 안쓰러운 마음이 뒤죽박죽 뒤엉킵니다. 긴장한 아이의 뒷모습이 확대되어 옵니다. 눈치 없이 눈물이 흐릅니다.

　담임 선생님을 따라 아이들이 두 줄로 서서 이동합니다. 아들도 그 대열을 따라 이동합니다. 조금이라도 눈에 더 담으려고 시선이 아이를 따라갑니다. 더는 보이지 않는 아이가 벌써 보고 싶습니다.

그렇게 초등학교를 입학한 게 엊그제 같은데, 아들이 군대에 갑니다. 입소식을 하려고 논산 육군훈련소로 갑니다. 차 안 공기가 무겁습니다. 논산 육군훈련소 앞에 도착했습니다. 차량을 안내하는 군인들을 보니, 아들이 군대에 간다는 것이 실감이 납니다. 평소에는 손잡는 걸 싫어하던 아이가 오늘은 제 손을 꼭 잡고 있습니다. 식순에 따라 순식간에 입소식이 끝나고, 부모와 이별하는 시간이 다가왔습니다. 눈물을 보이면 아들 마음이 약해질까 봐 의연한 척 웃어 보입니다. 두 팔을 벌려 아들이 저를 안아줍니다. 저에게 안기던 아들이 저를 안아주면서 인사를 건넵니다.

"잘 버티고 오겠습니다."
참았던 눈물이 흐릅니다.
"아이고, 내 새끼. 잘 버티고 만나자."
한참을 안고 있었습니다. 서로의 마음이 느껴지도록 꽉 안았습니다.

"훈련병들은 줄을 섭니다."

아들이 저의 품을 떠납니다. 낯선 환경에서 자신의 의지와 상관없는 훈련을 받아야 하는 아들의 모습에 주저앉아 울고 싶었습니다. 하지만 덤덤하게 들어간 아들처럼 담담한 척 훈련소를 떠납니다. 물리적 거리가 점점 멀어집니다. 논산 육군훈련소와 멀어질수록 마음은 더 아들 곁으로 갑니다.

내가 자식일 때는 부모와 떨어지는 것이 그다지 어렵지 않았습니다. 오히려 떨어지는 과정에 잘 적응해 갑니다. 반면 부모가 된 지금 자식과 떨어지는 과정이 쉽지 않습니다. 엄마 경력이 늘어나면 자식과 겪는 과정이 쉬워질 것으로 생각했습니다. 자식만이 부모에게 독립해 가는 것이 아니라 부모도 자식에게 독립해 가야 하는데, 엄마 경력 20년인데도 아직 쉽지 않습니다.

아들이 입소하고 첫 주말, 첫 통화를 합니다.

"엄마."

아들의 목소리만 들어도 좋습니다. 안전하게 있다는 숨소리만 들어도 행복합니다. 의연하게 버티고 있는 아들이 대견합니다. 군대로 인한 강제 이별 중에 단비 같은 통화 시간이 지나갔습니다. 초등학교에 처음 입학하는 아이의 뒷모습에 눈시울 붉히다가 학교에 가는 것이 일상이 되듯, 군대에 간 아들을 기다리는 것도 일상이 되어 가겠죠. 알면서도 아려오는 마음은 어쩔 수 없나 봅니다.

옆집 그 엄마는 어떻게 일을 구했을까

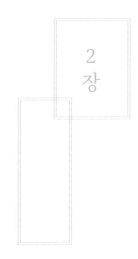

2
장

엄마의 마음,
아이들과 놀면서 성장합니다

1

우리 아이의
색깔은?

1학년 학생들과 '용호쌍륙놀이'를 하던 중이었습니다. 놀이가 너무 길어져서 끝을 맺어야 하는 상황이 됐습니다.

"놀이를 어떻게 하면, 빨리 끝낼 수 있을까?"
간단한 질문을 던졌습니다. 답이 없습니다.
"우리가 저 끝까지 도착하려면 어떻게 해야 할까?"
거의 답을 알려주다시피 다시 질문합니다. 답이 없습니다. 답답한 마음에 함께 생각해 보라는 뜻으로 아이들에게 얘기했습니다.

"얘들아, 머릴 맞대 봐."
아이들이 머리를 맞대고 서 있습니다. '설마 머리를 맞대라는 의미를 모르는 걸까?' 하는 생각이 들면서도 머리를 맞댄 아이들의 모습이 귀여웠습니다. 아이들 곁으로 다가가서 물어봅니다.

"너희 뭐 하니?"

한 아이가 저를 바라보며 얘기를 합니다.

"선생님께서 머리를 맞대 보라면서요."

너무 귀여운 대답에 그만 무장해제 된 웃음이 터집니다. 웃음을 겨우 참으며 아이들에게 얘기합니다.

"아니 머리를 맞대 보라는 건 함께 생각해 보라는 거야."

아이들이 서로 바라보더니 눈을 맞추고 고개를 끄덕이며 알겠다며 동시에 "아!"를 쏟아냅니다. 1학년들의 귀여운 모습에 웃음이 납니다. 알록달록 자신의 색채를 뽑아내는 아이들 사이로 웃고 떠드는 친구들 사이에서 표정이 없는 인형처럼 덩그러니 앉아 있는 여자아이가 보입니다. 그 아이에게만 핀 조명이 떨어지듯 제 눈에 계속 밟혔습니다. 소외된 것처럼 보이는 아이 곁으로 다가가려는 저를 담임 선생님께서 잡습니다. 담임 선생님께서 귓속말로 아이의 상황을 알려줍니다.

"엄마한테 혼나고, 공부방에서도 계속 혼이 나서 인생이 괴롭대요. 1학년밖에 안 되었는데 아이가 안 됐어요. 더 안타까운 것은 어머님께서 아직 아이의 상황을 잘 모른다는 거예요."

담임 선생님과 동시에 안타까워하는 마음이 담긴 깊은 한숨을 내쉬었습니다. 무지개색으로 가득한 교실에서 색을 잃은 아이가 눈에 계속 밟힙니다. 부모의 비난이 담긴 말은 아이의 색을 뺏어 버렸습니다. 평가를 담은 시선을 거두고, 아이를 있는 그대로 수용해 주기만 해도 아이만의 색을 뽐낼 텐데, 안쓰러웠습니다.

건강한 감정 표현은
후천적으로 발달합니다

"선생님, 저 친구가 좋아하지 못하게 해 주세요. 저는 져서 기분이 나쁜데, 저 친구가 좋아하니까 기분이 더 나빠요."

이런 요구를 받는다면 당신은 어떤 답변을 하겠습니까? 당혹스러운 순간은 수시로 찾아옵니다. 학년 초, 1학년 교실은 돌발 상황이 자주 발생합니다. 수업 중에 갑자기 일어나서 나가는 아이, 뜬금없이 노래를 부르는 아이, 수업 중에 돌아다니는 아이도 있습니다. 수업을 듣다가 부모님과의 일화가 생각이 나면 갑자기 손을 들고 집에 있었던 일들을 이야기합니다. 한 명이 던진 일화의 돌멩이는 파장이 아주 큽니다. 여기저기 엄마와 아빠와 있었던 일들이 쏟아집니다. 특별한 아이의 이야기가 아닌 평범한 1학년 학생들의 모습입니다.

최근 1학년 교실에는 특별한 아이들이 늘어나고 있습니다. 감정을 조절하지 못하는 아이들이 늘고, 경계성 학습 지연을 보이는 아이들도 늘고 있으며, 과도한 학습 때문에 무기력을 보이는 아이들까지, 다양한 어려움을 가지고 입학합니다.

예전엔 한 학년에 한두 명으로 소수였다면 점점 그 숫자가 늘어나고 있습니다. 정도가 심한 경우 약물 치료를 받는데, 몇 해 전만 해도 약물 치료라는 단어가 낯설었다면 지금은 보편적인 현상으로 인식되고 있습니다. 학교 선생님들은 아이들의 사회성이 떨어지고 있다고 합니다. 제대로 발달하지 못한 사회성은 문제를 일으킨다고 덧붙입니다.

쉬는 시간, 교사 연구실로 두 남학생이 담임 선생님의 뒤를 따라 들어옵니다. 한 명은 울고, 한 명은 씩씩거리고 있습니다. 담임 선생님은 씩씩거리는 아이에게 먼저 질문을 합니다.

"왜 친구를 때렸니?"
씩씩거리던 아이는 울고 있는 친구를 노려보며 대답합니다.
"제 이름을 부르잖아요."
담임 선생님은 아이와 눈을 마주치며 낮은 목소리로 씩씩거리는 친구에게 질문합니다.
"이름을 부를 수도 있지 않을까?"
아이는 여전히 분을 삭이지 못한다는 말투로 대답합니다.

"철이가 제 이름을 부르는 게 싫어요."

　쉽게 중재가 될 줄 알았던 상황은 생각보다 길어졌습니다. 수업 종이 울리고, 다음 쉬는 시간에 이야기를 나누자며 교실로 돌아갔습니다. 쉬는 시간 종이 울렸습니다. 다시 담임 선생님을 따라 아이들이 들어옵니다.
　"친구가 이름을 불렀다는 것에 아직도 화가 나니?"
　씩씩거리진 않지만, 자신의 의견을 굽히지 않겠다는 결의에 찬 눈빛을 담아서 아이가 대답합니다.
　"네!"

　여전히 차분한 목소리로 담임 선생님은 결심한 듯 아이를 바라보고 얘기를 합니다.
　"기분이 나빴구나. 그렇다고 친구를 때리면 안 되는 거야. 어떤 이유로든 교실에서 폭력을 사용하는 것은 안 돼. 폭력을 사용하지 않고, 네가 기분이 나빴다는 것을 어떻게 표현하면 좋을까?"
　아이가 잠시 생각하는 듯합니다.
　"모르겠어요."
　담임 선생님께서 아이와 다정하게 눈을 맞추고 아이에게 이야기합니다.

"그럼, 선생님이 알려줘도 될까?"

아이가 고개를 끄덕입니다.

"철이야, 네가 내 이름을 큰 소리로 부르니까 기분 나빴어."

아이는 선생님을 바라봅니다. 담임 선생님은 계속 이어 얘기합니다.

"기분이 나쁘다고 너를 때린 건 미안해."

두 아이가 서로 바라봅니다. 맞은 아이가 "괜찮아."라고 얘기를 합니다.

감정을 느끼는 것은 자연스러운 일입니다. 느껴지는 감정을 어떻게 표현할 것인가는 배워야 합니다. 가족이 많은 경우는 그 안에서 자연스럽게 배워가지만, 가족 수가 적은 경우는 학습이 꼭 되어야 합니다. 감정을 느끼게 되면 감정에 이름을 붙이고, 감정을 어떻게 효과적으로 표현할 것인지 경험을 바탕으로 선택하게 됩니다. 감정을 다룬 경험이 부족하다면 서툰 방식으로 표현하게 됩니다. 이름을 크게 불러서 기분이 나쁘다고 친구를 때린 것처럼 말이죠.

3

감정 조절,
놀면서 배워요

초등학교 놀이 수업에서는 특히나 지도교사가 신경 써야 하는 부분이 있습니다. 바로 아이들이 다치지 않게 주의를 기울여야 한다는 겁니다. 몸을 써서 활발히 움직이는 게 중요한 나이지만, 그만큼 소소한 사고가 일어날 위험도 있거든요. 어른의 보호와 지도로 크게 다치는 일은 잘 일어나지 않습니다. 하지만 사소하게 서로 부딪히거나 넘어지기도 하는데 이때 중요한 것은 몸의 상처 못지않게 서로 마음의 상처가 남지 않게 도와줘야 합니다.

○○초등학교에서 2년 차, 돌봄 교실에서 수업 중에 있던 일입니다. 술래잡기 도중 두 명의 여학생이 부딪혔습니다. 딱 봐도 부딪힌 2학년이 좀 아팠겠다 싶어요. 2학년 여학생은 한쪽 벽에 붙어 앉아서 눈 옆을 손으로 누르고 있었고, 1학년 여학생이 저에게 다가왔습니다.

"원이 언니랑 부딪혔어요."

울먹이는 1학년 여학생의 얼굴을 보니 이마를 손으로 짚고 있
더라고요. 이마를 짚고 있는 손을 살짝 잡고 부딪힌 부분을 확
인하고 2학년 여학생을 불렀습니다. 관자놀이 부분을 손으로
잡고 저에게 다가옵니다. 저는 아이의 커다란 눈을 바라보며 관
자놀이 부분을 봅니다.

"아이고, 아팠겠다. 괜찮니? 벌써 퍼렇게 멍이 들었네."

2학년 여학생은 커다란 눈을 끔뻑이며 저에게 괜찮다는 신호
를 보냅니다. 옆에 있던 1학년이 울려고 입술이 자리를 잡습니
다. 언니가 멍이 들었다는 말에 혼날 거로 생각했나 봅니다. 저
는 두 여학생을 옆에 앉히며 바라봤습니다.

"부딪히고 서로 사과는 했어?"

두 여학생은 한 손으로 부딪힌 곳을 잡고는 서로 마주 봅니다.

"언니, 미안해."

"괜찮아, 나도 미안해."

서로 사과를 주고받은 아이들은 마음이 풀려 보여요. 두 여학
생은 술래잡기 한 판이 끝날 때까지 제 옆에 앉아 있었습니다.
괜찮은지 잘 살펴주면 아이도 아프고 걱정되었던 마음을 가다
듬을 수 있습니다.

놀이 수업 전에 아이들에게 이런 상황에 대한 주의를 미리 줄 필요도 있습니다. 시작 전에 이야기합니다.

"놀다 보면 서로 부딪힐 수 있어요. 부딪히면 어떻게 해야 할까요?"

"서로 사과해요. 괜찮아? 미안해."

"사과를 주고받았는데 부딪힌 곳이 아플 수 있어요. 그땐 어떻게 할까요?"

"쉬는 장소에서 쉬어요. 그래도 아프면 선생님께 얘기해요."

아이들의 대답을 듣고 고개를 끄덕여줍니다. 단호한 표정을 지으며 강조하는 부분도 있습니다.

"놀이 시간에 장난은 안 돼요. 왜 그럴까요?"

아이들이 입을 맞춰 크게 말합니다.

"장난치면 다칠 수 있어요. 그럼, 놀이를 멈춰야 해요."

다시 아이들에게 질문합니다.

"그렇죠. 다치지 않는 것도 중요하고 또 하나 뭐가 있죠? 놀이는 이길 수도 있고 질 수도 있어요. 이기면 기뻐할 수 있어요. 지면 기분이 안 좋을 수 있어요. 그런데 이겼다고 놀이에서 진 편을 향해 약 올리는 행동은 해도 되나요?"

"안 돼요."

아이들의 대답을 듣고 싱긋 웃으며 다시 질문합니다.

"놀이에서 지면 기분이 안 좋을 수 있어요. 그럴 때는 어떻게 해야 하죠?"

"참아요."

"참기가 힘들면 어떻게 하면 될까요?"

"쉬는 자리로 가서 잠시 가만히 있어 보면 돼요."

놀이 수업에서 배우는 건 놀이 방법만이 아닙니다. 의도하지 않은 실수로 서로 부딪히거나 다쳤을 때 어떻게 대처하는지도 배우고 들쑥날쑥한 감정을 다스리는 훈련도 합니다. 처음에는 당연히 잘 안 됩니다. 부딪혀 놓고 '쌩'하고 가버리거나 놀이에서 졌다고 인상을 쓰고 화를 내기도 하지요.

1년간 수업하면서 반복해서 알려주니 위험한 상황도 많이 줄고 함부로 짜증을 내거나 화내는 것도 나아졌습니다. 혼자 조절이 어려우면 선생님에게 어떻게 대처해야 하는지 스스로 물어보며 방법을 찾아간답니다. 단순한 놀이 시간 같지만, 아이들은 다양한 감정을 배우고 감정을 표현하는 방법을 익혀갑니다. 감정을 잘 다루게 된다는 것, 어쩌면 어른들에게도 필요한 일인지 모르겠네요.

4

자존감이 높은 걸까요,
자존심이 센 걸까요?

　1학년 온라인 도우미 선생님을 할 때의 일화입니다. 한 여학생이 손을 살포시 듭니다.
　"글씨를 모르겠어요."
　다가가 아이가 모르겠다고 한 글씨를 알려줍니다.
　"감사합니다."

　그 후로도 모르는 게 있으면 손을 듭니다. 아이가 이해하도록 설명하고 일어서는데, 여자아이가 또 손을 듭니다. 다시 앉아서 설명해 줍니다. 그때 앞에 앉은 남자아이가 돌아봅니다. 남자아이는 한심하다는 표정으로 질문한 여자아이에게 얘길 합니다.
　"넌 그거도 모르냐."
　남자아이의 말에 여자아이가 상처받지 않을까 걱정됐습니다. 그래서 여자아이를 얼른 쳐다봤습니다. 저의 우려가 부끄럽게 여자아이는 당당하게 얘기합니다.

"우리 엄마가 모르는 건 부끄러운 게 아니라고 했어."

여자아이는 뾰로통한 얼굴로 남자아이를 쏘아봅니다. 남자아이가 뭐라고 하려는데, 저는 얼른 둘 사이에 서서 벽이 되어 줍니다. 남자아이에게 더는 얘기하지 말라는 신호를 줍니다.

"엄마가 너무 멋진 말을 해 주셨네. 그럼, 모르는 걸 물어보는 것은 부끄러운 일이 아니지. 모르는 걸 배우려고 학교에도 오는 거니까."

여자아이가 빙그레 웃습니다. 건강한 그 모습에 저도 덩달아 미소 짓게 됩니다.

5

놀면서
성장해 갑니다

초등학교 1학년 교실에 한 여학생이 입을 삐죽거리며 기분이 안 좋다는 내색을 온몸으로 뿜어내고 있습니다. 수업을 시작해야 하는데 아랑곳하지 않습니다. 수업 중반이 되도록 짜증을 내는 공격적인 행동은 멈추지 않았습니다. 급기야 친구와 싸움이 일어났습니다. 놀이가 마음대로 되지 않는다고 옆에 친구를 건드리기 시작합니다. 참아보려던 아이가 터지고 맙니다.

"야, 그렇게 하지 마."

툭툭 친구들을 자극하던 아이는 자신에게 화를 내는 친구에게 아무렇지 않다는 듯 비아냥거리는 말투를 던집니다.

"내 마음이야."

이대로 놀이를 진행하면 반 전체 싸움으로 번질 것 같아서 놀이를 멈출 수밖에 없었습니다.

"멈춤. 모두 손 무릎. 눈 감아."

아이들은 놀이를 멈추고 눈을 감았습니다. 툭툭 친구를 건드리던 아이는 눈을 감지 않습니다. 반항하듯 저를 쳐다봅니다. 단호한 표정을 지으며 한 번 더 얘기합니다.

"눈 감아."

반항을 멈추지 않을 것 같던 아이는 마지못해 눈을 감습니다. 모두 눈을 감은 것을 확인한 후 낮은 목소리로 이야기합니다.

"놀이하다 보면 기분이 나쁠 수 있지. 그런데 내가 기분이 나쁘다고 화를 내거나 짜증을 내거나 심지어 울어버린다면 함께 놀이하는 친구들의 기분은 어떨까요?"

조용한 교실에 한목소리로 아이들이 대답합니다.

"나빠요."

다소 진지해진 아이들의 표정이 귀엽습니다. 귀엽다고 훈육을 멈출 수는 없죠. 계속 당부의 말을 이어갑니다.

"놀이하다 보면 이길 수도 있고, 질 수도 있죠. 이기면 이겼다고 '와' 좋아할 수 있고, 지면 '아이, 조금 아쉽네' 하는 마음으로 조금은 참아보는 건 어떨까요. 친구들과 즐겁게 놀다 보면 기분이 좋아질 수도 있고, 친구들도 함께 즐겁게 놀이할 수 있지 않겠어요. 우리 사이좋게 놀이하기로 약속할 수 있죠?"

"네!"

작은 입술이 동시에 움직이니 너무나 사랑스럽습니다. 아이들이기 때문에 가능한 일이 벌어집니다. 금방이라도 싸울 것 같던 교실은 신나는 놀이 교실로 변합니다. 아이들은 서로 응원해 줍니다. 놀면서 자신의 감정을 다스려보려고 아이들은 오늘도 노력 중입니다.

6

자신의 감정을
책임지는 방법을 배워가요

별것도 아닌 일에 눈물을 흘립니다. 억울한 감정에 쉽게 휩싸이고 해결하는 방법을 몰라 눈물을 흘리며 그 자리에 버팁니다. 버티는 아이 때문에 수업은 멈추게 됩니다. 놀이는 감정의 가장 밑바닥을 건드리기 때문에 미성숙한 감정은 쉽게 드러납니다. 놀이를 교대로 진행하다가 잠시 멈췄습니다. 다음 차례 나오라고 질문을 했습니다.

"누구 차례니?"
"얘요."
아이들이 한 아이를 지목합니다.
"나 아니야, 너잖아."
놀이에 참여할 순서라고 지목받은 아이가 자신의 차례가 아니라며 앞에 앉은 친구를 가리킵니다.
"그 친구는 방금 놀이했어. 네 차례 맞는 것 같은데, 얼른 나올까?"

"저 아니라고요. 애가 안 했어요."

눈물이 그렁그렁 맺힙니다.

"너 또 우니?"

한 아이의 말에, 눈물이 흐를 것 같은 아이에게 반 아이들의 시선이 집중되려고 합니다. 저는 얼른 그 시선들을 앞으로 주목시킵니다.

"다들 앞을 봐, 아직 안 울어. 참고 있잖아."

그렁그렁한 눈을 바라보며 천천히 이야기합니다.

"그래, 그렇게 참아보는 거야. 그리고 감정이 가라앉고 놀이에 참여할 수 있을 때 손을 들어서 알려줘. 뒤에 친구에게 먼저 하라고 할게."

눈물이 뚝 떨어지는 눈을 하고 남자아이가 고개를 끄덕입니다. 놀이는 다시 진행됐습니다. 아이들은 다시 놀이에 빠져들었고, 눈물이 그렁그렁하던 아이는 자기만의 방식대로 시간을 버티고 있습니다. 놀이가 새로운 국면으로 접어드는데, 아이가 손을 듭니다.

"놀이에 참여할 수 있겠니?"

끄덕끄덕.

"그래, 그럼 다음 순서에 참여하는 거야."

끄덕끄덕.

울면서 떼를 쓰던 아이는 반복되는 연습 속에서 자신의 감정을 책임지는 법을 배워갑니다.

7

창의적인 사고는
소통할 때 빛을 발해요

　어느 초등학교에서 '산가지 쌓기 놀이'를 아이들과 하던 중이었습니다.

　"오늘은 우리가 모두 한 팀이야. 높이 쌓아보는 거야."

　평소에도 서로 잘 통하는 아이들은 오늘도 놀이에 진심입니다. 하나의 목표를 두고 조심조심 산가지를 쌓아갑니다. 규칙을 지켜가며 순서대로 아이들은 산가지를 쌓아 올립니다. 쌓는 모양을 우물 정(井)자로 만들고 조심조심 쌓아갑니다.

　"선생님 우주가 트롤짓을(일부러 무언가가 잘 안 되도록 망치는 행동을 지칭하는 신조어) 해요."

　우주가 공든 탑을 무너지게 방해하는 행동을 한다고 아이들의 원망이 날아듭니다. 우물의 방향이 90도로 틀어져 쌓였습니다.

　"방해하려는 거 아니야."

억울하다는 듯 얘기하는 우주의 시선과 저의 시선이 마주칩니다. 5년째 놀이 수업으로 만나고 있는 터라 우주의 의도를 알아차린 저는 '너의 의도를 알아'라는 마음을 담아 우주를 바라봅니다. 자신의 의도를 이해받았다는 것만으로도 억울함이 가라앉은 듯 친구들의 방식을 따라갑니다.

"우리 합심해서 쌓아볼까?"
원망을 멈추고 산가지 쌓기에 집중하라고 아이들을 독려해보지만, 아이들은 탑이 무너지면 우주 탓이라고 원망합니다. 탑이 위태롭게 흔들거릴 때마다 비난이 쏟아집니다.
"너 때문이야."
흘기는 눈으로 우주를 바라보는 아이들에게 우주도 지지 않고 응답합니다.
"내가 뭐!"
우주는 높이 쌓는 것을 방해하고 싶은 것이 아니었거든요. 단지 모양을 다르게 쌓고 싶었던 겁니다. 우주의 창의적인 발상을 누구도 봐주지 않고, 그저 삐뚤어진 산가지 탑만을 바라봅니다.

우주의 발상은 툭 튀어나와 쌓을 때마다 탑을 흔들거리게 합니다. 탑이 흔들거릴 때마다 아이들은 원망의 소리를 쏟아내고 우주는 억울한 눈빛을 흘립니다. 탑의 운명은 어떻게 되었을까요? 무너졌을까요? 안 무너졌을까요? 다행스럽게도 탑은 위태로움을 잘 버티고 서 있었습니다.

우주는 친구들의 규칙에 따라 정해진 모양대로 산가지를 쌓으면서 한쪽에서 혼자만의 산가지 탑을 쌓았습니다. 친구들과 쌓은 탑은 약속한 모양을 유지하고 쌓였고, 우주의 탑은 일정한 간격을 유지하며 90도로 틀어지면서 쌓여갔습니다. 저는 우주가 탑을 무너트리려고 한 것이 아니라는 것을 아이들도 알아주면 좋겠다고 생각했습니다.

"친구들이 우주의 의도를 몰라줬네. 친구들과 휘어서 돌아가는 탑을 쌓고 싶었지."
자신만의 탑을 쌓고 있는 우주에 나지막하게 속삭입니다.
"네."
우주가 멋쩍게 대답합니다.
"친구들한테 잘 얘길 했으면 좋았을 텐데……. 아쉽다. 기분은 괜찮니?"
"괜찮아요."

그때 제 옆에 있던 아이가 우주의 탑을 바라봅니다.
"아, 이제 알겠어. 이런 모양을 하려고 했다고 말을 하지."

한 아이가 다가와 우주의 산가지 탑을 바라봅니다. 근사한 모양으로 쌓인 우주의 탑 주변으로 아이들이 모여듭니다. 놀이 시간 동안 원망의 시선을 받던 우주는 쉬는 시간이 되자 부러움의 대상이 되었습니다.

8

우린 연습이
필요합니다

"5분간 놀아."

수업 준비를 하고 있는데 아이들이 강당 안으로 들어옵니다. 멀뚱멀뚱 서 있는 아이들은 제 옆을 서성입니다. 무엇을 해야 할지 몰라서 그냥 뛰는 아이들이 생깁니다.

"선생님, 지금 뭐 하는 거예요?"

뒤늦게 강당 안으로 들어온 아이들이 그냥 뛰는 아이들을 보며 질문을 합니다.

"그러게, 뭐 하는 걸까? 그냥 뛰는 것 같은데?"

몇몇 아이들이 그냥 뜁니다. 왜 뛰는지 모르고 뛰기 시작합니다. 이유도 모르고 뛰던 아이들이 어느새 거대한 원을 그리면 달립니다. 더 재미있게 달리는 방법을 알려줄 필요를 느낍니다.

"자, 이제 모여 봐요."

인사를 나누고 준비한 놀이 수업을 시작하기 전에 몸을 푸는 놀이를 진행합니다.

"둘이 마주 보고 가위, 바위, 보를 하는 겁니다. 이긴 친구는 일어서고 진 친구는 앉으세요."

한 명이 남을 때까지 가위, 바위, 보는 계속됩니다.

"한 명이 남았네. 지금부터 이 친구가 술래예요. 모두 도망갈 준비!"

"와!"

아이들이 순식간에 강당 안 여기저기 흩어집니다.

"준비, 땅!"

정신없이 아이들이 뜁니다. 술래는 이리저리 친구들을 잡으려고 뜁니다. 여기저기 신이 난 비명이 들립니다. 하나둘, 술래에게 잡힙니다. '술래잡기', '무궁화꽃이 피었습니다', '얼음땡!', '경찰과 도둑' 등 친구들과 함께 놀면서 준비 운동을 합니다.

"술래잡기 놀이할 사람?"

"얼음땡! 할 사람?"

놀아본 적 없는 아이들은 주어진 5분 동안 무엇을 해야 할지 갈피를 못 잡고 우두커니 서 있었습니다. '내가 이렇게 놀아도 되나?' 싶은 표정으로 서 있던 아이들이 짧은 놀이 수업으로 변했습니다. 이젠 자유시간이 더 좋은 아이들이 됐습니다. 놀이도 연습이 필요하답니다.

9

장난은 NO,
놀이는 YES!

놀이 수업 전, 아이들은 신나게 뛰어놉니다. 잠시 물건을 정리한다고 돌아섰는데 "쿵!"하는 소리가 납니다. 놀라서 돌아보니, 눈치를 살피는 남학생이 보이고 아파하는 여학생이 보입니다.

"괜찮니?"

여학생의 상태를 살핍니다. 여학생은 아프지만 괜찮다고 합니다. 의자에 잠시 앉아서 쉬다가 몸 상태를 알려달라고 얘기를 했습니다. 남학생을 바라봤습니다. 여전히 눈치를 살피고 있습니다. 놀이 수업에서 처음 보는 남학생이었습니다.

"조심해서 놀아야 해."

남학생은 고개만 끄덕이고는 다시 친구들 사이로 들어갑니다. 자꾸만 친구들과 뒤엉키고 바닥을 뒹굽니다.

"그만, 놀 때는 바닥에 뒹굴거나 친구를 폭력적으로 대해서는 안 돼."

신나게 놀 수는 있으나 장난을 가장한 폭력은 하지 못하게 합니다. 얼마 전까지만 해도 교실 안에서 일진 놀이가 유행했었습니다. 일진 놀이는 한 아이를 가운데 두고 밟는 놀이인데, 방송에서 듣던 일진 놀이를 눈앞에서 본 일이 있었습니다.

교실 뒤편에서 아이들이 둥글게 모여 신나게 웃으며 한 아이를 옆으로 눕혀 놓고 밟고 있었습니다. 그 강도가 약하더라도 그 모습은 폭력적이었습니다. 가운데 있는 아이는 친구들한테 밟히면서 웃고 있었습니다. 저는 아이들의 모습에 순간 화가 났습니다.

"그만! 지금 뭐 하는 거니?"
아이들은 행동을 멈추고 목소리 톤을 높인 저를 바라봅니다.
"노는데요?"
"논다고?"
"네, 일진 놀이 중이에요."
가운데 누워있던 아이를 일으켜 세웠습니다.
"아프지 않니?"
누워있던 아이는 아무렇지 않다며 옷을 털면서 말합니다.

"괜찮은데요. 조금 아프긴 하지만 놀이잖아요."

그 모습에 저는 화가 났습니다. 그렇다고 화를 낼 순 없지만 단호하게 폭력은 놀이가 될 수 없다는 것을 알려줘야 했습니다.

"이건 놀이가 아닌 폭력이야. 너도 친구들이 아무리 장난으로 밟는다고 웃고 있니? 자기 자신에게 미안해야 해. 어떻게 너를 함부로 대하는데 웃고 있니? 장난이라도 누구도 너희를 함부로 대할 수 없어. 알겠니?"

선생님의 단호한 표정에 아이들이 놀랐습니다. 그 이후로 다신 교실에서 그 모습을 볼 수 없었습니다. 그 후로 놀이 시간에는 장난이라도 친구를 괴롭게 하는 행동은 하지 못하게 합니다. 또한, 자신을 보호하기 위해 심한 장난은 금하고 있습니다. 놀이 시간의 반복 속에서 아이들은 규칙을 익혀갑니다. 정신없이 뛰더라도 속도를 조절하고 행동은 제어하며 안전하게 뜁니다. 그런 아이들 사이에 오늘 처음 참여하는 남학생의 행동은 눈에 띌 수밖에 없습니다. 자꾸만 친구에게 유도 기술을 시도합니다. 속도를 줄이지 않고 친구들과 부딪힙니다.

"그만! 다 모여. 다 모였니? 자리에 앉아요."

아이들은 정해진 자리에 앉습니다.

"놀이 시간에 지켜야 할 규칙을 얘기해 볼까요?"

"위험하게 놀지 않아요."

"위험하지 않으려면 어떻게 해야 해요?"

"규칙을 지켜야 해요."

"강당에서 자유롭게 달릴 수 있지. 달릴 때 어떤 규칙이 있나요?"

"친구랑 일부러 부딪히지 않아요. 바닥에 눕지 않아요."

"부딪히면 어떻게 해야 해요?"

"사과해요."

"위험하게 놀거나 장난으로 친구를 다치게 하면 놀이는 멈출겁니다."

"네."

남학생을 빤히 주시하고 다시 한 번 이야기합니다.

"놀이 시간은 안전하게 놀아야 해요. 규칙을 지키지 않고 위험하게 행동하면 놀이를 멈출 겁니다."

남학생은 고개를 끄덕입니다.

놀이 시간에 몇 번의 눈이 마주치도록 장난을 치긴 했지만, 남학생도 반복되는 놀이 참여로 배워가겠죠. 친구들과 장난이 아닌 놀 때 더 즐겁다는 것을 천천히 몸에 익혀갈 겁니다. 친절

하게 반복하고, 반복하며 규칙을 알려준다면 장난을 치던 행동
에서 놀이를 즐길 줄 아는 아이로 바뀌어 가겠죠.

10

가장 예쁜 아이,
사랑이

사랑이는 또래보다 조금 느립니다. 행동 조절이 어려워서 놀이에서 제일 먼저 제외되고, 깍두기로 겨우 참여합니다. 그래도 자신의 마음대로 되지 않으면 놀이를 방해하고 혼자 멀리 튕겨 나갑니다. 사랑이는 항상 경계의 대상이고, 먼저 놀이에서 배제되는 아이였습니다.

그날도 놀이 수업이 한창이었습니다. 사랑이는 혼자 창가에서 놀았어요. 돌발 행동만 하지 않는다면 다행이라 생각하고 있는데, 어느 순간 제 옆에 다가와 있었습니다.

"저도 하고 싶어요. 이렇게 움직이면 되나요?"
긴장한 저의 표정을 아이들이 봤겠죠. 숨을 고르고 막무가내로 파고드는 사랑이를 일단 막아봅니다.
"잠시만 사랑아, 놀이하고 싶니? 그러면 규칙을 지켜야 해.

할 수 있겠어?"

"네."

"선생님이 도와줄게. 차례 지키며 해 보자."

한두 번 규칙을 지키는가 싶더니 금세 짜증을 내며 돌아섭니다. 그 후로 사랑이는 조금씩 놀이 안으로 들어왔습니다.

"와, 잘했어. 그렇게 하는 거야. 친구들이 하고 난 후 또 하면 돼."

사랑이는 기분이 좋아 보입니다.

"순서를 스스로 기다리다니 멋지다."

아이들도 제 말투를 따라 하며 사랑이를 격려합니다. 다음 수업에 사랑이가 돌아다니지 않고 앉아 있었습니다.

"어머, 오늘은 자리에 앉아서 선생님을 기다린 거야?"

"선생님, 제가 인사해 볼래요."

"그래, 그럼 사랑이가 '공수!'라고 외치면 우리 다 같이 '안녕하세요.' 인사하는 거야. 사랑아, 크게 해야 해."

"공! 수! 안녕하세요."

그날부터 놀이 시간의 첫인사와 끝인사는 사랑이가 담당했습니다. 인사를 위해서 제일 먼저 자리에 앉고, 순서를 지켜서 놀이에 참여했습니다. 가끔 짜증이 올라와서 아슬아슬한 상황이 연출되기도 하지만 참아보려는 모습이 보여서 기특하기까지 합니다.

그 후로 사랑이처럼 어려운 아이를 만나도 당황하지 않습니다. 사랑이를 통해서 기다리는 법도 배우고, 다가오는 아이를 받아주는 법을 배웠으니까요. 사랑이 덕분에 아이를 바라보는 눈이 성장했습니다.

"제가 봉사를 시작한 건 우리 집 둘째 아이 때문이에요. 저와 너무나 다른 둘째 덕분에 제가 성장을 했어요. 둘째는 저에게 선물 같은 아이예요."

제가 좋아하는 마을 선생님께서 한 얘기인데요. 사랑이는 저를 성장하게 한 선물 같은 아이입니다. '오늘은 어떤 사랑이를 만나게 될까?' 살짝 두렵기도 하지만 감사한 마음으로 교실 문을 열어봅니다.

11

아이들을
빛나게 하는 놀이

초등학교 5학년 수업 시간, 놀이 시작 전에 놀이를 즐기는 자세를 주제로 설명하고 있었습니다.

"어느 작은 마을에 5살 정도 되는 꼬마 애가 할아버지랑 놀이하고 있었어요. 신나게 놀고 있는데, 할아버지가 놀이에서 이겨버렸네. 꼬마 아이는 어떻게 반응했을까요?"

5학년이라서 그런지 교실 안이 조용합니다. 3학년만 되어도 "떼를 써요", "울어요" 등 장난스러운 대답들이 쏟아졌을 텐데, 5학년들은 조용합니다. 교실의 적막이 길어지지 않도록 이야기를 이어갑니다.

"어머, 할아버지 멋져요. 어쩜 그렇게 놀이를 잘하세요? 저는 언제쯤 잘할 수 있을까요?"

최대한 5살 꼬마처럼 밝게 말을 한 후 주위를 둘러봅니다.

"어린아이가 그런 말을 해요?"

고맙게도 몇몇 아이들이 반응합니다. 아이들에게 시선을 던지며 할아버지 목소리로 이야기합니다.

"와! 어제보다 훨씬 잘했는데, 이러다 내일 되면 할아버지를 이기는 거 아니야."

찡긋 웃으며 아이들을 둘러봅니다. 그리곤 이어서 질문을 던집니다.

"어른에게 이런 말을 듣는다면 어떤 기분이 들까요?"

5학년 아이들의 입은 무겁더라고요. 침묵이 이어질까 걱정스럽던 그때, 남학생이 입을 엽니다.

"그런 칭찬을 받아본 적이 없어서 어떤 기분인지 모르겠어요."

남학생이 장난스럽게 던진 말에 공감의 탄성이 여기저기 터집니다. 놀이를 즐기는 자세에 대해 생각해 보고자 전하는 이야기였는데, 5학년 아이들의 씁쓸한 현실이 주목받아 버렸습니다. 쓰디쓴 현실 위에서 놀이가 시작됩니다.

'장군쌍륙놀이'로 전통 판놀이의 포문을 엽니다. 장군쌍륙놀이는 주사위 두 개를 굴려 나온 숫자대로 칸을 채우는 놀이입니다. 반을 두 편으로 나누고, 정해진 순서대로 주사위를 굴리며 칸을 채워갔습니다. 남아있는 칸이 줄어들수록 나와야 하는 숫자들이 간절해집니다. 담담하게 한 손으로 굴리던 주사위는 원하는 숫자가 나오길 바라는 마음을 담아 모인 두 손안에 들어갑니다. 서로 남아 있는 칸의 수가 비슷해져 갈수록 아이들의 시선이 주사위로 집중됩니다. 비워진 칸의 숫자가 나오게 되면 환호성이 터지고, 주사위를 굴린 아이에게 칭찬이 쏟아집니다. 주사위만 굴렸을 뿐인데 환호성이 터지고, 주사위만 굴렸을 뿐인데 한숨이 땅으로 꺼집니다.

놀이를 처음 할 때는 작은 실수에도 서로 비난합니다. 하지만 내 마음대로 되지 않는 주사위를 경험할수록 비난은 사라집니다. 빈칸을 향한 주사위 숫자에 환호성은 점점 커집니다. 짧은 시간이지만, 친구를 응원하는 즐거움을 배우고, 응원을 받는 기분을 알게 됩니다.

놀이 시간이 끝나고 놀이판을 정리하고 있는데, 칭찬을 받아 본 적이 없다던 남학생이 다가옵니다.
"처음엔 놀이가 재미없을 거로 생각했는데, 너무 재미있어요. 즐거운 시간을 만들어 주셔서 감사합니다."
꾸벅, 허리를 숙이는 남학생을 따라 저도 따라 허리를 굽히며 감사 인사를 합니다.

"오늘 놀이에 적극 참여해 주셔서 제가 더 감사해요. 다음 시간도 잘 부탁합니다."

곱슬머리 남학생이 환하게 웃습니다.

3
장

엄마의 세상,
오늘도 더 넓어집니다

1

우리 함께
책을 써 보면 어떨까요?

학부모 강의를 하는 분들과 모인 자리에서 은희 선생님께서 갑작스럽게 제의합니다.

"우리 함께 책을 써 보면 어떨까요?"

모두 당황한 듯 잠시 서로 바라봅니다. 인성을 주제로 학부모 강의를 하는 분들끼리 만나서 이야기를 나누면서 하고자 하는 이야기가 비슷하니 좋은 제안이라는 생각이 들었습니다.

"좋아요."

그렇게 시작됐습니다. 사람과 사람이 모이는 자리에서 생각지도 못한 방향에 휩쓸려 갈 때가 있습니다. 어쩌면 그때는 또 다른 기회가 될지도 모릅니다. 책을 쓰겠다는 마음으로 별도의 모임이 결성됐습니다. 이미 책을 두 권 내신 은수 작가님께서 모임을 이끌어 주셨습니다.

"안녕하세요."

"어머, 어떻게 지냈어요."

서로의 안부를 묻고, 어떻게 지냈는지 삶을 잠시 나눕니다. 이야기가 산으로 가기 전에 은수 작가님의 코치가 시작됩니다.

"선생님, 이번에 쓰신 글을 보면, 이 부분은 아주 좋았어요. 재미있기도 했고요. 그리고 여긴 이런 걸 조금 더 넣어보면 어떨까요? 갑자기 이 상황이 등장하면 독자는 당황스러울 수 있어요. 글은 친절해야 하거든요."

"네, 조금 더 내용을 넣어볼게요."

당근과 채찍을 고르게 배분한 은수 작가님의 코치가 한 시간 반 정도 휘몰아칩니다. 꼼꼼하게 한 줄 한 줄 짚어주는 작가님의 정성은 죽은 글에 생명을 넣습니다. 가끔은 글 속에 담긴 사건 때문에 세 사람의 이야기가 삼천포를 다녀오기도 합니다. 그럴 때마다 은수 작가님은 우리를 다시 글 속으로 불러주십니다.

"우리 함께 책을 쓸까요?"로 시작된 은희 선생님의 용기 있는 제안이 아니었다면 1년에 가까운 만남은 없었겠죠. 망설이다 그냥 생각으로만 멈췄다면 이런 글들이 쌓이지 못했겠죠. 돌이켜보면 모든 일은 신기하게 시작이 됩니다.

"어머, 어떻게 지냈어요."

서로의 시간이 허락되는 오전, 우린 글 뭉치를 안고 또 마주 앉습니다. 책을 쓰면서 쌓인 이야기와 추억은 겹겹이 마음에 담겨서 언제부터인가 헤어지는 시간이 아쉬울 만큼 정이 들었습니다. 글을 쓰다가 멈추게 되면 생각합니다. '어디서 이런 분들을 만나겠어.' 감사한 마음으로 다시 머리를 쥐어 뜯어봅니다.

2

2019년, 코로나19로 전 세계가 멈췄습니다. 다음 해 개학과 동시에 시작하려고 준비했던 놀이 수업은 하나둘 취소되었습니다. 2월에 개학 준비로 학교는 잠시 분주했지만, 코로나19의 심각성이 더해진 3월이 되자 활기가 넘쳐야 하는 학교는 오히려 조용했습니다. 닫힌 교실 문, 작은 창으로 보이는 빈 책상들이 외롭게 놓여 있습니다.

온라인 개학과 오프라인 개학이 동시에 이뤄지면서 4월은 혼란과 분주함이 오고 갑니다. 자연스럽게 겨울이 가고 봄이 오듯이 느껴지는 개학인데, 학교는 아직 겨울입니다.

멈춘 학교 안에서 유일하게 아이들의 목소리를 들을 수 있는 곳은 돌봄 교실입니다. 코로나19 상황에서도 돌봄 교실은 멈추지 않고 진행되었습니다. 맞벌이 가정을 위해 멈출 수가 없었습니다.

　"선생님, 놀이 수업 오세요."
　다행스럽게도 돌봄 수업을 가던 학교 두 곳에서 놀이 수업을
지속한다고 하셨습니다. 돌봄 선생님들과 안전하게 놀이 수업
을 진행하는 방법에 대해 함께 고민하고, 계획한 놀이가 학교
방역 규칙에 맞는지 신중하게 검토하고 진행하였습니다.

　"마스크를 착용해야 한대요."
　2019년 12월부터 마스크를 착용하고 수업하였습니다.
　"선생님, 손 소독제 여기다 둘게요. 체온도 기록해야 한대요."
　손 소독을 한 후 놀이를 진행하고, 체온도 기록하며 학교가
코로나19에 대응해 가는 단계를 밟아갑니다. 놀이가 끝나면 손
을 비누로 씻는 것까지 안내합니다. 그렇게 학교의 방역 규칙에
맞춰서 어떻게 놀이 수업을 진행할 수 있는지 방법을 찾아갔습
니다. 덕분에 5월부터 재개된 정규 과정에서 놀이 수업을 진행
할 수 있었습니다.

　아이들의 얼굴은 마스크로 가려지고 친구들과 거리를 둬야
했습니다. 쉬는 시간도 사라지고 단축 수업을 했습니다. 이런
상황에서도 접촉을 최소한으로 하면서 놀이 시간을 만들어 주

려는 학교 선생님들이 계셨기에 놀이 수업을 이어갈 수 있었습니다.

코로나19 상황이 두려워서 놀이 수업을 망설였다면, 수시로 바뀌는 교육 환경과 까다로운 방역 규칙을 번거로워했다면, 어쩌면 놀이 수업을 진행해 볼 기회는 없었겠죠. 무모해 보여도 시도를 해 봐야 좋은 기회인지 아닌지 알 수 있습니다.

3

선(善)은
돌고 돕니다

결혼하고 올라온 서울은 답답하기만 했습니다. 남편이 출근하고 나면 좁은 집엔 아이와 단둘이 남았습니다. 아이는 유일한 대화 상대였고, 친구였습니다. 낯선 동네이기에 남편이 닫고 나간 현관문은 다시 남편이 열고 들어올 때까지 열리지 않습니다.

낯선 곳에서 유일하게 사람 소리를 들을 수 있는 곳은 시댁 어른들과 함께 다니는 교회뿐이었습니다. 그 안에서 만난 사람들과 인연이 되고, 유모차를 밀며 동네 산책도 다니게 됐습니다. 길을 모르는 저를 배려해 주신 분들 덕분에 산책 시간이 즐거웠습니다. 몇 년 후, 저의 손을 잡고 산책 다녀준 분에게 힘든 일이 생겼습니다. 조심스럽게 그분에게 저의 일을 함께해 볼 것을 권했습니다.

"제가 하는 일을 함께해 보실래요?"

그분의 힘든 상황을 해결해 드릴 순 없지만, 그분이 제 손을 잡고 동네를 다녀주신 것처럼 잠시라도 숨을 쉴 공간을 마련해 드리고 싶었습니다. 함께 수업을 나가고, 구청에서 진행하던 혁신교육지구 지원단 활동도 하면서 정신없이 2년을 함께 했습니다.

집에서 쉬고 있는데 휴대전화가 울립니다. 그분의 이름이 화면에 떴습니다. 휴대전화 넘어 밝은 목소리가 들려옵니다.

"고마워요. 선생님께서 만들어준 경력 덕분에 적성에 맞는 일을 찾았어요."

돌봄 대체 선생님을 지원하였는데 다음 주부터 출근하신대요. 이력서를 정리하면서 짧은 시간에 많은 일을 했다는 것을 새삼 알게 됐다며 고맙다는 전화였습니다. 기뻐하는 목소리에 제가 더 기뻤습니다. 휴대전화 너머로 제 손을 잡고 산책하던 그분의 모습이 그려졌습니다. 여전히 그분을 힘들게 하는 일은 남아있지만, 힘든 감정에 파묻히지 않고 집중할 수 있는 일이 있어서 좋다고 합니다. 조심스럽게 그분에게 저의 마음을 털어놓습니다.

"선생님, 제가 서울 처음 올라와서 답답해할 때 제 손을 잡고 걸어주시던 선생님의 마음에 보답할 수 있어서 제가 더 기쁩니다."

4

오늘의 노력이
내일을 바꿉니다

 놀이 활동가를 목표로 놀이를 배우던 어느 날, 통성명하고 어떤 일을 하는지 얘기를 나누고 있었습니다. 그때 한 선생님께서 수업을 가야 한다면서 일어납니다.

 "먼저 일어나 볼게요. 초등학교에 수업이 있어서요."

 다음 날, 어제 먼저 일어난 분 곁으로 다가갔습니다. 어떤 수업을 하는지 궁금했거든요.

 "선생님, 어떤 수업을 하시나요?"

 질문을 받은 선생님은 대답을 망설이며 저를 쳐다봅니다. 한참을 망설이던 선생님께서 입을 엽니다.

 "예절 수업도 하고, 공예 수업도 해요."

 궁금증이 증폭되었습니다. 한 번도 생각해 보지 못했던 수업이었습니다. 학교 안에서 그런 수업을 한다는 것이 신기했습니다. 저도 모르게 그분에게 몸이 바짝 다가갔습니다.

"그런 수업은 어떻게 들어가요? 선생님 수업 가실 때 참관 가도 돼요?"

대화를 꺼리는 그분의 모습에 더 이상 대화는 이어지지 않았습니다.

학교로 수업을 들어가는 방법을 알아보기 시작했습니다. 정보를 검색하던 중에 '서울 평생교육 봉사단(현 서울 평생교육 지원단)'을 찾게 되었습니다. 망설임은 시작을 늦춘다고 했습니다. 바로 담당자에게 전화를 걸었습니다.

"여보세요. 서울 평생교육 봉사단 담당하시는 분과 통화 가능할까요?"

놀이 활동만 생각하던 저에게 이 통화는 놀이 강사의 길로 목표를 바꾸게 되는 시작이 됩니다. 이제는 '놀이 강사 서원영입니다.'라는 소개가 익숙해질 만큼 시간이 흘렀습니다. 수업을 마치고 나오면서 휴대전화를 봅니다. 부재중 전화가 와 있습니다. 예전엔 모르는 번호를 그냥 넘겨버렸지만, 강사가 된 후로는, 강의 의뢰일지도 모르기에 확인하게 됩니다.

"여보세요. 부재중 번호를 보고 연락을 드립니다."

"○○여성 발전센터입니다. 다름이 아니라 선생님께서 보내 주신 서류를 보고 전화합니다. 놀이 활동가 양성을 계획 중인데, 혹시 강의해 주실 수 있나요?"

"네, 전 아주 좋죠. 강의 시간이 맞으면 좋은데, 현재 평일은 오전과 오후 수업이 꽉 차 있어서 주말이면 가능합니다."

"평일 강의는 어려우실까요."

"네, 계약된 수업이라서 변경이 어렵습니다."

성인 대상 놀이 강좌를 열어보면 좋겠다 싶어서 서류를 보냈었는데, 뜻밖의 연락을 받은 겁니다. 비록 일정 조정 단계에서 불발되긴 했지만, 좋은 기회가 다가왔었다는 것에 잠시 설레는 기분을 느꼈습니다. 멈춰 있으면 그다음 풍경을 볼 수가 없습니다. 다음 풍경이 무조건 좋으리라는 법도 없습니다. 결과는 가 봐야 안다는 겁니다.

5

"학교에 수업을
어떻게 나가나요?"

"학교에 수업을 어떻게 나가나요?"

함께 책 놀이 봉사를 하는 빙그레 선생님께서 질문합니다. 빙그레 선생님의 질문을 받고, 학교에 수업을 어떻게 나가는지 궁금했던 과거가 떠올랐습니다.

"학교로 수업 나가 보실래요? 그러면 일단 저랑 공부를 먼저 해요. 선생님 혼자는 힘드실 수 있으니, 수업을 함께할 분을 찾아보세요. 함께 하면 덜 외롭죠. 저도 부족하지만, 아는 만큼 도와드릴게요."

빙그레 선생님은 바로 공부를 함께할 인원을 모았습니다. 수업이 없는 날을 잡아서 공부가 시작되었습니다. 어떤 수업을 하고 싶은지 정하고, 어떻게 수업하고 싶은지 회의했습니다. 회의를 시작한 그해에는 동작구에서 매년 10월에 마을 강사를 선발

했습니다. 마을 강사에 지원하는 것을 목표로 강도 높은 회의를 하며 교안을 만들어 나갔습니다. 6개월 후, 꼼꼼히 준비한 덕분에 '동작혁신교육지구 마을교육풀' 마을 강사 명단에 이름을 올리게 됐습니다.

빙그레 선생님은 마을 강사에 선발되었는데, 수업 경험이 부족하여 학교 수업이 망설여진답니다. 당시에 10명 내외 아이를 대상으로 마을 공간에서 수업해 볼 수 있는 '마을이 학교다' 프로그램이 있었습니다. 걱정하는 세 분에게 학교로 들어갈 콘텐츠를 그 프로그램에 적용해 보라고 추천해 드렸습니다. 성실한 세 분의 수업은 빛을 발했고, 지금은 너무나 바쁜 마을 선생님들이 되셨습니다.

6

사람이
한 권의 책입니다

　　○○평생학습관에서 '놀이지도사' 자격증 과정을 열었습니다. 한동안 학교 수업에 쫓겨서 성인을 대상으로 하는 놀이 수업을 열 수가 없었습니다. 오랜만에 학교 교실이 아닌 강의실이 낯설었습니다.

　　"안녕하세요. 여기 놀이지도사……."
　　열린 문으로 조심스럽게 한 분이 들어오십니다.
　　"어서 오세요. 앞에 놓인 출석부에 체크 부탁드려요."
　　어색한 공기가 흐릅니다. 아직 시작도 전인데, 웃는 얼굴 뒤로 제 등에서 진땀이 맺히고 있었습니다. 한 분 두 분 강의실이 채워집니다.

　　"안녕하세요. 놀이 강사 서원영입니다. 시작 시간이 되었으니 시작해 볼까요. 먼저 저라는 사람을 소개하려고 합니다."

준비한 화면을 띄우고 수업을 시작합니다. '여긴 어디? 나는 누구? 이게 맞나?' 앉아 있는 수강생들의 표정이 읽힙니다. 처음 놀이 수업을 접하던 제가 떠올랐습니다. 지인을 따라갔던 놀이 수업에서 딱, 저 표정으로 앉아 있었거든요.

"오늘 놀이는 여기까지 하겠습니다. 어떠셨어요?"
기대 반 걱정 반을 담은 눈동자들이 데굴데굴 저와의 눈 맞춤을 피합니다. 수강생들은 수업의 분위기를 파악하고, 강사는 수강생들의 성향을 파악하는 정신없는 첫 강의가 끝났습니다.

시간은 금방 흐릅니다. 마지막 시간을 향해 갑니다. 어색하던 분위기는 노는 동안 익숙해졌습니다. 감사하게도 평생학습관에서 수강생들에게 실습할 장소를 알아봐 주시고, 좋은 기회까지 제공되었습니다. 가볍게 자격증만 생각하고 오신 분들에게 도전의 기회가 주어졌습니다.

"어떻게 해요?"
"잘할 수 있을까요?"
걱정들이 쏟아집니다. 처음 놀이 수업을 나가던 그때, 저도 저렇게 걱정했었습니다. 걱정하면서 망설이다 보면 기회는 사라집니다. 인생 선배의 마음으로 도전을 권하고 싶었습니다.

"저도 여러분처럼 걱정스러웠습니다. 하지만 망설이다 보면 기회는 지나가요. 그러니 도전해 보세요. 다행인 건 혼자 가지 않고 함께 가니까 서로 힘이 될 겁니다. 그리고 멈추지 마시고 꼭 함께 공부를 이어가세요. 의지가 될 겁니다. 저도 그렇게 성장해 온 거예요."

망설이던 분들이 용기를 내는 모습에 뿌듯함이 밀려옵니다. 이분들 중에 놀이 강사로 성장하는 분이 계시겠죠. 놀이를 알려 드리는 게 우선적인 목표지만, 제가 꼭 하고 싶었던 이야기는 놀이 강사 선배로서의 삶을 공유하면서 '당신도 할 수 있어요'라는 희망이었습니다.

평생학습관에서 제공한 재능기부에 대해 열띤 토론 중이신 수강생들을 보니 제 의도가 제대로 스며든 것 같습니다. 제 삶의 일부가 누군가의 삶에 새로운 시작을 만드는 밀알이 되는 건 감사한 일이며, 이런 경험을 통해 일을 지속하고 싶은 희열을 얻어가기도 합니다. 다음엔 또 누군가의 삶에 밀알로 제 삶이 읽힐지 기대가 됩니다.

PART 3

대화할 줄 아는 엄마는 깊이 공감한다
- 관계는 대화로 시작!

은희

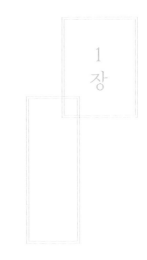

1
장

나를 향한
사랑을 시작합니다

"주부
누가 불러준대?"

아이 학교에서 열린 대화법을 들었습니다. 겉으로는 평안한 가정이었지만, 대화가 말다툼으로 번지는 일이 많았거든요. 5주간 대화법을 배우면서 가족 관계가 조금씩 좋아졌습니다. 어떻게 하면 대화를 잘할 수 있는지 궁금했는데 조금은 알 것 같았어요. 더 자세히 배우고 싶었습니다. 강사님의 여유 있고 행복한 모습도 부러웠고요. 나도 강사가 되고 싶다는 마음도 들었습니다. 이토록 유용한 내용을 내 가정에 적용하는 것은 물론, 배워서 누군가에게 전할 수 있다면 일상에 새로운 활력이 될 것 같았습니다. 교육이 끝나고 다른 분들이 교실을 빠져나갈 때 두근거리는 마음으로 강사님께 다가갔습니다.

"강사님, 질문이 있는데요."
"네, 말씀하세요."
"강사님처럼 강사가 되고 싶은데 방법이 있나 해서요?"

"부모교육 강사요. 방법이 있지요. 그런데 둘째가 몇 살이라고 하셨죠?"

"다섯 살이요."

"KACE연합에 강사 양성 과정이 있어요. 그런데 둘째 조금 더 키우고 하시면 좋을 것 같은데, 아직 어리잖아요."

"과정이 있군요. 아이가 어리긴 하죠. 감사합니다."

연신 감사 인사를 하고 집에 돌아왔습니다. 설레는 마음으로 홈페이지에 들어가 보니 매년 강사 양성 과정이 열리고 있었습니다. 마침, 모집하고 있지 뭐예요. 이력서와 자기소개서를 작성해서 접수했습니다.

무료는 아니어서 조금 부담됐지만 1년 프로그램을 이수하면 강사 자격증도 따고 가정도 좋아질 수 있다고 생각하니 간절했습니다. 강사님은 둘째를 더 키우고 시작하면 좋겠다고 하셨지만, 저는 오히려 둘째가 유치원에서 오래 있을 수 있으니, 지금이 기회라고 생각했습니다.

드디어 발표날.

"합격입니다."

문자를 받았습니다. 뛸 듯이 기뻤습니다.

그런데 문제는 일주일에 세 번, 오전 9시부터 오후 4시까지 수업을 들어야 했습니다. 누군가에게 아이들을 깨우고 학교에 보내는 일을 부탁해야 했습니다. '누가 있을까? 언니에게 부탁해 볼까?' 했으나 언니의 아이들도 어려서 어려웠습니다. 고민 끝에 엄마에게 부탁을 드렸습니다. 말 끝나기 무섭게 엄마가 말씀하셨어요.

"집에만 있던 주부, 누가 불러준대?"
"……."

눈물이 핑 돌았습니다. 엄마가 자택으로 가신 뒤 저는 방문을 걸어 잠그고 이불을 뒤집어쓴 채 한참을 울었습니다. 문득 늦은 나이에 대학에 도전하겠다고 했을 때 엄마가 했던 말이 떠올랐습니다.

"엄마, 저 대학에 도전해 보려고요. 퇴근 후 학원에 갔다가 늦게 올 것 같아요."
"네까짓 게? 그러니까 엄마가 공부하라고 할 때 할 것이지, 지금 고3을 이길 수 있을 것 같아?"라고 하셨습니다.
속은 상했지만 오기로 공부했고 서울에 있는 대학에 합격했습니다, 부모님은 집안 사정이 어려워 등록금이 없다고 하셨습니다. 저는 그동안 모았던 적금을 깨서 등록금도 내고 부모님께

무스탕도 사드렸지요.

아무렇지도 않게 지내왔습니다. 그러나 '집에만 있던 주부, 누가 불러준대?'라고 차갑게 말하는 엄마를 보니 깨닫게 되더군요. 과거의 일들이 아무렇지 않은 게 아니었다고. 다른 사람들이 저에게 '공부를 못하니 대학은 어려울 거야'라고 하거나, '부모교육 관련하여 공부한 적도 없는데 어떻게 강사가 되겠어'라고 한다면 마음은 아프지만 넘길 수 있습니다. 그러나 엄마까지 저를 그렇게 보는 건 너무 외롭고 희망도 꺾이는 일이었습니다.

방에서 울며 '나는 아이를 의심하는 말은 절대 하지 않을 거야. 믿어주는 엄마가 될 거야!' 하며 다짐했습니다. 이 마음은 삶의 이정표가 되었고, 공부의 이유였습니다. 제가 받고 싶었던 믿음과 지지를 아이들에게 주고 싶었습니다.

2

서른여덟 살?
공부하기에 늦지 않은 나이

늦은 나이에 시작한 공부는 재미있었습니다. 30대에서 50대까지 20명이 넘는 사람들이 같은 목표를 향해 일주일에 세 번, 교실에 옹기종기 모여 강의를 들었습니다. 점심시간에는 각자가 싸 온 도시락을 함께 먹으며 이런저런 이야기를 나눴지요. 5월엔 소풍도 가고 회식도 하면서 다시 대학생이 된 기분이었습니다. 특히 수업에 오면 저를 누구의 엄마가 아닌 이름으로 불러줘서 기분이 좋았습니다. 1년 동안 부모·자녀 간의 대화법, 부모코칭 리더십, 자녀의 학습 지도를 공부하고 시연을 통과해서 드디어 자격증을 받았습니다. 뿌듯함에 눈물이 나더라고요.

자격증을 손에 쥐었다고 바로 일이 들어오는 건 아니었습니다. 시작은 선배 강사님 수업의 보조 강사였지요. 참여자로 수업을 들을 때와 달리, 보조 강사가 되어 수업을 들으니 운영 방식과 강조 포인트, PPT 자료, 참여자 반응 등을 보며 능동적으로 듣게 되더라고요. 많은 걸 배운 귀한 시간이었고 순조롭게 끝났습니다.

그러나 처음 하는 초등학생 수업은 떨리고 어려웠습니다. 강의 계획서를 작성하고 수업 자료도 열심히 준비했지만, 맘처럼 진행되지 않았습니다. 특히 저학년 아이들은 제가 질문하면 여기저기서 동시에 대답하는 바람에 정신이 하나도 없었습니다. 40분 수업하는 동안 아이들의 이목을 집중시키기 위해 "○학년 ○반 선생님을 보세요"라는 말을 여러 번 해야 했지요. 목소리가 점점 커져 나중에는 목이 아프더라고요. 수업을 통제하지 못하는 게 당황스럽고 어려웠습니다.

수업이 끝나고 '앞으로 이 일을 잘할 수 있을까?' 하는 생각이 들었고, 학교 선생님들께 새삼스레 감사한 마음도 들었습니다. 다행히도 여러 번 수업하면서 실력은 늘었습니다. 역시 경험만큼 실력도 느나 봅니다. 처음에는 진땀이 나던 초등 수업이었지만 서울, 경기, 안산, 수원, 인천 등 많은 학교에 가서 다양한 아이들을 만나니 자녀를 보는 눈도 여유로워졌습니다. 내 아이만 볼 때는 작은 일에도 불안하고 걱정됐는데, 아롱이다롱이 제각각인 아이들을 경험하니 우리 아이들에게 일어나는 일들은 소소한 일이며 걱정거리가 아니라는 것을 알게 되었습니다.

군인 대상 강의는 많은 사람 앞에서 말할 수 있는 좋은 기회였습니다. 다만 부대의 위치가 멀어 대중교통으로 가는 저는 산 넘고 물 건너가야 하는 어려움이 있었습니다. 그래도 마음은 설렜습니다. 강의장은 대부분 종교 시설이거나 강당이었습니다. 때론 식당에서 하기도 했었지요.

　강의 전 인사하면 100명쯤 되는 분들이 "와~" 하며 힘찬 함성으로 맞이해 주셨습니다. 살면서 이런 환대를 받아볼 일이 있을까 싶을 만큼 좋으면서도 부끄러웠어요. 마음을 진정하고 강의를 시작한 지 30분 정도 지났을까요? 정말 놀랍게도 한 명 두 명씩 고개를 숙이고 졸기 시작했습니다. '그렇게 재미없나, 어쩌지' 하며 속으로는 불안했지만, 깨어있는 분들과 눈 맞춤하며 강의를 마쳤습니다. 그런데 놀랍게도 만족도 조사지를 보니 대부분 상세한 피드백을 하셨더라고요. 이런 상황을 선배 강사님께 말했더니 "훈련받고 힘들어서 그럴 수 있어"라며 너무 걱정하지 말라고 해서 한시름 놓았던 적도 있었습니다. 물론 저의 강의력도 키워야겠다는 다짐도 했습니다.

　초창기 다양한 연령층을 대상으로 강의를 준비하는 게 쉽지 않았지만, 덕분에 강의에 근력이 생기고 타인을 이해하는 계기가 되었습니다.

3

벼랑 끝에서
날개를 펴다

성장 드라마나 영화를 보면 주인공이 어떤 계기나 사건을 통해 각성하는 걸 봅니다. 이후 기존과는 다른 선택을 하잖아요. 저도 드라마 주인공처럼 각성한 계기가 있었습니다. 이혼 결심이었어요. 결혼하고 살면서 한 번쯤 이혼을 생각하지 않은 사람이 있을까요. 여러 가지 문제로 남편과는 안 맞는다는 생각이 들었습니다. 남편에게 제 생각을 말하고 2주간 생각을 정리해보라고 했습니다.

연애 때 꼼꼼하고 신중한 사람이라고 생각했던 남편은 결혼하고 보니 예민한 완벽주의자였습니다. 계획한 일이 뜻대로 되지 않거나 변수가 생기면 짜증을 내더라고요. 반면 저는 계획보다는 상황에 맞게 하는 편이라 남편을 이해하기 어려웠습니다. 남편 또한 저를 이해하기 어려워했지요. 자녀 양육, 경제, 시댁과 친정 등 다양한 갈등으로 말다툼이 잦아졌습니다. '결혼한 이유가 이혼하는 이유다'라고 하던데 제 마음이 딱 그랬습니다.

이혼 결심 후 앞날을 생각하니 막연했던 일들이 현실로 와닿았습니다. '무엇을 하며 돈을 벌지?', '아이들은 누가 키우는 게 좋을까?', '재산은 어떻게 나누면 되지?', '아이들에게는 뭐라고 말해야 하나?' 등 다양한 고민이 저를 각성시켰습니다.

무엇보다 먹고사는 일이 시급했고 그러기 위해서는 강의를 더 잘해야겠다는 결론에 이르렀습니다. 학생들 강의뿐만 아니라 성인 강의도 잘하려면 공부를 꼭 해야겠더라고요. 많은 엄마가 그렇듯 뭘 사고 싶고 어디에 가고 싶어도 남편 눈치 보고, 배우고 싶은 것이 있어도 아이들에게 소홀할까 봐 나중으로 미루잖아요. 남편의 월급만으로 생활하고 아이들 교육비도 벅찬데 저에게까지 돈을 쓰는 건 아닌 것 같아 망설이고 미루었지요.

그러나 더 이상 늦출 수 없었습니다. 남편에게 "이혼하든, 안 하든 난 대학원에 갈 거야. 그렇게 알아"라고 말했습니다. 남편과 아이들도 중요하지만, 저 또한 중요하다는 것을 잊고 살아온 듯했습니다.

2주간의 시간이 지난 뒤 남편과 허심탄회하게 대화했습니다. 그동안 서운하고 속상했던 일들, 시댁에서 할 수 있는 일과 할 수 없는 일들, 저의 바람을 얘기했어요. 남편은 이해해 주었고 적절한 조율을 할 수 있었습니다.

그 후로 저는 대학원에 들어갔습니다. 남편은 일찍 들어와 아이들을 돌보고, 집안일도 했습니다. 미래를 위한 투자라며 가사일을 함께해 준 남편이 고마웠습니다. 덕분에 저는 가정 경제에 기여하고 있지요. 몸은 바빠졌지만 제가 하고 싶은 일을 하니, 마음은 즐거웠습니다. 아이들은 공부하는 저를 보며 '어른이 되어도 공부는 계속된다는 것'을 깨닫는 듯했고요.

4

나의
사랑의 언어 찾기

    저의 생일 며칠 전부터 남편과 아이들에게 생일을 광고했습니다. 받고 싶은 것도 말했지요. 당일에는 제가 좋아하는 음식을 먹었고, 받고 싶었던 화장품과 편지도 받았습니다. 예전에는 이렇게 요구하고 표현하지 못했습니다. 말하지 않아도 알아서 챙겨주길 기대했지요. 받고 싶은 것도 잘 모르겠더라고요. 배는 고픈데 뭘 먹고 싶은지도 모르면서 누군가 알아서 차려주길 기대하는 사람처럼요.

    딱히 바라는 것도 없으면서 가족들이 제 생일을 잊어버리면 그렇게 서운하고 화도 났습니다. 반대로 알아서 챙겨주면 고마우면서도 뭔가 허전했지요. 이런 느낌은 친정엄마에게도 있었습니다. 엄마는 저에게 "딸 사랑해, 대견해, 고마워"라고 말씀하신 적이 거의 없습니다. 대신 때마다 김치와 만두, 고기를 보내며 사랑을 표현하지요. 음식을 받을 때 감사한 마음도 있지만 원하는 게 그게 아니었는지 마냥 좋지만은 않았습니다. 이런 명확하지 않은 저의 마음을 알 수 있게 된 계기가 있었습니다.

『5가지 사랑의 언어』의 저자 게리 채프먼은 수십 년간 상담하면서 다섯 가지 사랑의 언어가 있다는 것을 발견했습니다. 인정의 말, 함께하는 시간, 선물, 봉사, 스킨십입니다. 누구나 이 5가지 사랑의 언어 중에서 가장 중요하게 생각하는 제1의 언어가 있다고 말합니다. 즉 사람마다 가장 중요하게 생각하는 사랑의 언어가 다를 수 있다는 것이지요.

알고 보니 저의 제1의 사랑의 언어는 인정의 말이었습니다. 엄마의 음식에서도 사랑을 느끼지만, 칭찬과 인정의 말이 더 와닿는 사랑의 표현이었던 것이지요. 말이 중요한 저는 상대방이 무심코 던진 말에 신경이 쓰이고 상처도 더 받는다는 것을 알게 되었습니다. 저를 이해하게 되니 마음이 편안했습니다. 틀리거나 자존감이 낮아서가 아니니까요.

덕분에 가족에게 생일 선물로 편지를 요청할 수 있었습니다. 두고두고 읽고 싶었어요. 남편과 아이들이 저의 요청을 들어줘서 고마웠습니다. 가끔 거울을 보며 저에게 말합니다. "은희야 사랑해", "다 잘될 거야", "조금만 더 노력하자"라고요. 거울 속 웃는 저의 얼굴을 봅니다.

가족들에게 제1의 사랑의 언어가 무엇인지 물어보세요. 게리 채프먼 박사의 『5가지 사랑의 언어』에 수록된 테스트 지로 자신의 제1의 언어가 무엇인지 알아보실 수 있습니다. 평소 관찰을 통해 알 수도 있지만 직접 물어보고 답을 듣는다면 관계는 더 좋아지겠지요.

5

만족스러운
일상

아이를 잘 키우고 싶어 부모교육을 들었고, 가정의 화목과 일 모두를 잡을 수 있을 것 같아 시작한 부모교육이 올해로 12년째 입니다. 대화법을 처음 배울 때 강사의 말에 '말도 안 되는 소리를 하고 있어, 주말에 누워만 있는 남편을 어떻게 존중해?' 하며 혼잣말하던 제가 이렇게 오랜 기간 강사로 일할 줄 그땐 몰 랐습니다. 아프리카 속담에 '빨리 가려면 혼자 가고, 멀리 가려 면 함께 가라'라는 말이 있지요. 저 또한 동료 강사들의 도움이 컸습니다. 강의로 어려움이 있을 때 서로 위로하고 격려했으 며, 기쁜 일이 있으면 자기 일처럼 함께 기뻐해 줬습니다. 지금 은 일상을 나누는 친구가 되었지요.

저는 강사라는 직업이 좋습니다. 서울, 경기, 안산, 제주 등 많은 지역의 아이와 부모를 만나고, 영유아기 부모부터 청소년 기 부모들까지 다양한 세대도 만나거든요. 각양각색의 아이들을 보며 자녀를 보는 여유도 생겼고, 부모님들과 공감하고 서로를 위로하는 시간은 힐링입니다. 또한 저소득 가정, 다문화 가정, 북한 이탈 주민, 장애아 가정의 부모님들과 수업하면 뭉클하고, 배우는 것도 많습니다. 새삼 잊고 있던 이웃에 대해 생각하게 됩니다.

활동의 영역을 넓히기 위해 다양한 기관에서 강사 모집 공고가 나면 열심히 지원했습니다. 붙은 곳도 있고, 떨어진 곳도 있었습니다. 떨어지면 한동안 속상하고 불안하기도 했지만 계속할 일이기에 마음을 다독이고 다음을 기약했습니다.

제가 활동했거나 활동하고 있는 기관을 말씀드리면 푸른나무청예단, 서울시 가족센터, 서울시 교육청, 한국건강가정진흥원, 송파여성인력개발센터, 1인가구 지원센터입니다.

꼭 능력이 있어야만 위촉되는 건 아니었습니다. 동기와 열정을 중요하게 생각하는 기관도 있었고, 시연이 중요한 기관도 있었습니다. 그리고 기관에 강사로 위촉되면 표준안 교육을 대부분 받습니다. 강의 경력이 쌓인 2020년에는 서울시 가족센터에서 우수 강사 표창장도 받았습니다. 그러니 너무 두려워 말고 관심 있다면 문을 두드려 보세요.

금요일 밤이면 가족 모두 둘러앉아 맥주와 음료수 잔을 부딪치며 대화합니다. '서로에게 칭찬하기'도 가끔 하는데 얼굴에 웃음꽃이 핍니다.

늦은 밤 자기 전, 안방 침대에 남편과 저, 대학생 딸과 고등학생 아들이 옹기종기 누워 하루를 이야기합니다.

어느 날 딸이 "전공인데 B 맞았어, 아니 B+은 줘야지 교수님 너무해"라고 말했습니다. 그 말에 저는 "아쉬웠어?" 하며 물어봤고, 아들은 "난 대학이라도 갈 수 있을지?"라고 하더군요. 과거 부모님과 마음을 나누고 싶어도 어려웠고 못 했던 일을 저는 할 수 있어 행복하고 감사합니다.

2010년 출간된 『행복의 조건』이라는 책은 하버드대학교 연구팀이 1930년대 말에 하버드대학교에 입학한 2학년 학생 268명의 삶을 72년간 추적하며 '행복의 조건'에 대해 답을 찾은 내용이 담겨 있습니다.

책에는 사람의 힘으로 통제할 수 있는 조건 7가지(1. 고통에 대처하는 성숙한 자세와 인간관계, 2. 교육, 3. 안정적인 결혼생활, 4. 금연, 5. 적당한 음주, 6. 규칙적인 운동, 7. 적당한 체중)를 50대 이전에 얼마나 갖추느냐에 인생의 행복이 달려 있었다고 나옵니다. 또한 "삶에서 가장 중요한 것은 인간관계이며, 행복은 결국 사랑"이라고 강조합니다.

지금 저의 삶이 최상은 아니지만, 과거보다 좋아졌고 만족합니다. 하고 싶은 게 많은 미래는 더 기대됩니다.

옆집 그 엄마는 어떻게 일을 구했을까

2
장

아이와 함께
성장합니다

1

"쟤 엄청 나댄다"

자녀의 행동이 불안하고 걱정될 때

　딸의 애칭은 탱탱볼입니다. 어려서부터 어디로 튈지, 어떤 일이 일어날지 예측이 안되는 아이였습니다. 걷기보다 달리기 바쁘고, 높은 곳을 좋아해서 다치는 일도 많아 초등학교 3학년까지 응급실을 세 번이나 갔습니다. 처음 응급실에서 아이가 치료 받을 때는 속상하고 미안해서 많이 울었는데, 세 번째 갔을 때는 '또 넘어졌구나' 싶더라고요. 그런데 아이는 몸을 움직이는 데만 탱탱볼인 게 아니었습니다.

　초등학교 2학년 공개수업 날, 아이는 적극적으로 손도 들고 발표도 잘했습니다. 기특했지요. 그런데 수업 시간 내내 선생님께서 질문을 할 때마다 손들고 발표하려고 하지 뭐예요. 그걸 본 어머니 두 분께서 작은 목소리로 저희 아이를 말하는 듯 "쟤 엄청 나댄다"라고 하는 거예요. 순간 얼굴이 화끈거렸어요. 안 그래도 걱정되는 아이였는데 잘난 척하는 아이, 배려 없는 아이가 되어 사람들로부터 눈총을 받을까 봐 제 불안은 더 커졌습니다.

그날 저녁, 아이에게 계속 손을 든 이유를 물어봤더니 "선생님께서 부모님들도 오시는 공개 수업이니 적극적으로 참여하라고 하셔서 그랬는데, 왜?"라고 말하는데 해맑은 아이 모습에 웃음이 나왔습니다. 이후로도 아이를 볼 때마다 불안한 마음에 "가만히 좀 있어, 생각 좀 하고 움직여" 하며 지시하고 통제하기에 바빴어요.

그러던 어느 날, 거실 카펫 위에서 부산스럽게 놀고 있는 첫째와 달리 조용히 접혀있는 카펫 모서리를 펴는 둘째를 보았습니다. 정말 달라도 많이 다른 아이들이구나 싶어 재미있는 실험을 했습니다. 집 앞길에 있는 물웅덩이를 가운데 두고 끝에 있는 벽을 치고 오는 게임을 했습니다.

"자, 봐봐. 저 끝에 벽이 보이지? '준비 탕!'하면 달려서 저 벽을 치고 돌아오는 게임이야. 알았지?, 준비 탕!"

예상했던 대로 첫째는 웅덩이를 밟았습니다. 흙탕물이 신발과 옷에 튀어도 상관없다는 듯 열심히 달려 벽을 치고 오더라고요. 신난 얼굴로 "와, 이겼다"라고 하는데 순간 저는 번뜩이는 깨달음을 얻었습니다. 첫째가 왜 그리도 넘어지고 다치는지 알겠더라고요. '첫째는 목표가 생기면 그것만 보지 다른 건 못 보는구나, 그래서 실수가 잦구나' 하고 이해가 됐습니다. 한편으로는 '이 아이는 목표가 생기면 끝까지 해내겠구나'라는 믿음도 들었습니다. 아이가 어떤 꽃인지, 어떻게 키워야 활짝 꽃망울을 터뜨릴지 알아가는 중입니다.

"엄마, 나 부회장 됐어!"

자녀 모습에서 부모 자신이 보일 때

첫째가 초등학교 4학년 때 일입니다.

"엄마, 나 회장 선거에 나가고 싶어."

아이는 들뜬 목소리로 말했지만 저는 썩 달갑지 않았어요.

"엄마는 회장 엄마 되기 싫어. 나가지 마."

그렇게 말했는데도 하교 후 아이는 "엄마, 나 부회장 됐어"라고 하더라고요.

이웃집 엄마는 저에게 "유빈이 엄마는 참 좋겠어! 유빈이가 매사에 적극적이잖아. 우리 애는 소극적이라 아쉬워"라고 하는데 저는 이상하게 못마땅하고, 불안했습니다. 왜 그럴까? 곰곰이 생각해 봤습니다.

저는 초등학교 때 노래 좀 한다는 아이였습니다. 쉬는 시간에 앞에 나가 노래를 부르면 다들 잘한다고 말하며 좋아해 주었지요. 학기 초 그렇게 존재감을 드러내면 선생님의 관심도 받고 친구들도 생겨 좋았습니다. 그러나 그리 오래가지는 못했습니다. 제가 공부를 잘하지 못한다는 걸 안 친구들은 저를 점점 멀리했습니다.

창피하고 외로웠던 어릴 적 모습이 생각났습니다. 순간 '내가 딸의 모습에서 나를 보고 있었구나'하는 걸 알아차렸습니다. 아이가 저와 같은 경험을 할까 봐 불안했던 마음을 알고 나니 마음이 가벼워졌습니다. 그리고 어릴 적 저에게 '창피하고 외로웠지, 괜찮아' 하며 위로도 해주었지요.

자녀를 키우는 일은 왜 이리도 어려운 걸까요? 자녀를 잘 키우려고 애쓰면 애쓸수록 만나기 싫은 과거의 자신을 만나기도 하고, 아직 오지도 않은 미래를 걱정하는 나약한 자신도 마주하게 됩니다.

제가 아이에게 했던 행동이 저를 투사했던 행동이었음을 알고 이후로는 아이와 나를 분리해서 보려고 노력했습니다.

그러던 어느 날이었어요.

"엄마, 오케스트라 단원을 모집하는데 나 신청해 보려고."

"응? 피아노 모집은 없던데, 현악기는 배운 적이 없고 뭐로 신청해?"

그리고 며칠 뒤 아이가 말했습니다.

"엄마, 나 오케스트라에 합격했어."

"뭐라고? 뭐로 합격했어?"

"마림바."

"그게 뭔데?"

"큰 실로폰."

놀랍고 대견했습니다. 하고 싶은 게 있으면 일단 행동하는 첫째는 때론 무모하기도 했지만, 도전함으로써 기회를 얻고 성취도 했습니다.

이 시기부터 아이를 바라보는 저의 관점은 '유별나고 불안한 아이'에서 '도전하는 아이'로 바뀌었습니다.

3

"엄마, 나 어떻게 해?"
사춘기 자녀의 행동이 무모해 보일 때

첫째가 중학교 1학년 학기 초에 일입니다. 아이 방에서 울음소리가 들려 놀란 마음에 들어갔습니다.

"유빈아, 왜 울어! 무슨 일이야?"
"엄마, 나 어떻게 해? 30명을 언제 그려?"
"자세히 말해봐."

아이 말이 게시판 꾸미기를 캐리커처(얼굴 특징을 잡아 익살스럽게 표현한 그림)로 하기로 학급 회의에서 결정했다고 합니다. 담임 선생님께서는 그림을 그릴 수 있는 딸아이를 포함해 다섯 명에게 그리도록 했는데, 딸이 30명의 그림을 혼자 그리겠다고 했다는 것입니다. 집에 와서 막상 그리려니 암담했는지 자기가 왜 그랬는지 모르겠다며 울고 있었던 것입니다.

아이고야! 정말 생각이 있는지 없는지 무슨 생각으로 그랬는지 도통 이해되지 않았습니다. 어려서부터 행동이 먼저 앞서는 아이라고 알고는 있었지만, 이번 일은 저도 어이가 없으면서도 걱정스러웠습니다.

혼자만의 일이 아닌 학급 전체의 일이고, 그림을 못 그린다면 친구들이 저희 아이에게 좋지 않은 말을 할 것 같아 불안했습니다. 그리고 그림을 함께 그리려고 했던 네 명의 아이들도 딸에 대해 부정적으로 볼 것 같았고요. 학기 초인데 말만 앞서는 아이로 찍히는 거 아닌가? 싶었습니다.

부모로서 미리 막고 싶은 마음에 평소 "신중해라", "주변을 살펴라" 말하며 가르치고 알려 주었지만 일어날 일은 일어나나 봅니다. 사춘기 아이의 행동이 무모하고 안타까웠지만, 그 행동으로 일어난 결과에 책임을 지는 것 또한 아이의 몫이더군요. 한동안 아프고 깨지겠지만 성장할 거라고 믿었습니다. 자기 행동을 되돌아보고 앞으로는 어떻게 하면 좋을지 배움이 되길 바라는 마음으로 비난하기보다 질문했습니다.

이런 장점이자 단점을 가진 첫째는 자라면서 자신을 더 깊게 이해하게 되었습니다. 관계에서 시행착오도 결국 아이의 사회성 발달을 도왔고요.

4

"엄마, 친구가 나랑 절교래"
자녀가 친구 관계로 힘들어할 때

첫째가 중학교 2학년 때 일입니다. 방에서 우는 소리가 들렸습니다. 또 무슨 일일까요? 놀란 마음에 들어갔습니다.

"유빈아, 무슨 일이야? 왜 울어?"

"엄마, 친구 ○○이랑 헤어졌어~ ○○이가 나랑 절교래."

"뭐? 자세히 얘기해 봐."

"○○이랑 얘기하다가 의견이 맞지 않았고, 그러다 보니 목소리가 커지면서 화가 난 나머지 내가 ○○한테 욕했어."

"어쩌니."

"○○는 실망했다며 나랑은 친구 안 하겠대. 절교래. 미안하다고 했거든? 그래도 싫대. 엄마 나 내일부터 어떻게 해? 누구랑 밥 먹고 누구랑 놀아?" 하며 웁니다.

"그런 일이 있었구나."

"물론 내가 잘못한 거 알아, 그래서 사과의 쪽지도 줬는데, 그래도 싫대."

"스스로 잘못한 걸 알고 사과했다니 할 수 있는 걸 했네. 우리 딸 한동안 외로워서 어째?"

"그러니까 나 어떻게 해?"

"엄마도 중학교 때 친구들과 놀기도 하고 싸우기도 했어. 그런데 유빈아, 학년은 바뀌고 새로운 친구를 만나게 될 거야. 그때 지금 같은 일이 일어나지 않으려면 어떻게 하면 좋을까?"

"음…. 말 한마디로 친구를 잃을 수 있다는 걸 알게 됐어. 친한 사이일수록 말조심해야겠어."

"그래 좀 아프지만 배운 거야. 이리 와." 하며 꼭 안아주었습니다.

제가 아이의 시행착오를 이해하고 차분하게 대화할 수 있었던 것은 코칭 공부 덕분이었습니다. 예전에 저였다면, "그러니까 평소에 말조심하라고 했지, 넌 왜 그렇게 신중하지 못해"라며 비난하거나, 또는 "이제 알았지, 말조심해! 친한 사이일수록 조심해야 하는 거야"라고 성급히 결론을 내려 했을 것입니다. 지적과 비난을 자주 받은 아이는 자기 자신을 좋아하기 어렵습니다. 그리고 부모가 자녀의 문제를 매번 해결해 준다면 아이의 문제 해결력은 낮아집니다.

부모 코칭에서는 자녀를 'HELP'의 대상이 아닌 'SUPPORT'의 대상으로 봅니다. 정답은 부모가 아닌 자녀가 가지고 있다고 믿습니다. 즉 자녀를 무능력한 존재가 아닌 무한한 가능성을 가진 존재로 봅니다. 질문을 통해 자녀가 자신의 문제를 해결할 수 있도록 돕는 방법이지요.

부모가 자녀의 실수를 보는 건 안타깝고 힘든 일입니다. 그러나 깎이지 않고 보석이 되는 원석은 없듯이 시행착오는 자녀에게 큰 배움이자 성장이 됩니다. 그 과정을 지켜봐 주고 옆에 있어 주는 것이 부모 역할입니다.

어느덧 대학교 3학년이 된 딸은 중학교 친구 모임, 고등학교 '칠 공주 모임', 대학교 동기 모임 등으로 바쁩니다. 사회생활을 시작한 친구, 꿈을 향해 애니메이션을 공부하는 친구, 자신의 진로를 찾고 있는 친구 등 친구들도 다양하다고 하네요. 관계에서 크고 작은 실수로 어려움을 겪던 일이 언제였던가 싶습니다.

아이들은 관계, 학습, 감정, 진로 등 시행착오를 겪으며 성장하는 중이니, 부모는 의연하게 지켜봐야 합니다. 그 의연함이 어렵고 지칠 수 있지만, 자책하지 말고, 애쓰는 아이와 부모 자신을 응원하셨으면 좋겠습니다.

5

"엄마, 죄송합니다"
자녀의 성적이 낮을 때

저녁을 먹고 난 뒤 갑자기 딸아이가 일어서서 인사를 합니다.

"엄마, 죄송합니다."
"갑자기 뭐가?"
"성적표가 나왔는데 보여드릴 수가 없어요."
긴장한 얼굴로 말하는 아이 모습에 여러 생각이 들었어요.

저는 학생 때 그다지 공부를 잘하지 못했던 데다가 집안 사정으로 일찍 취직해야 했던 터라 대학도 나중에야 들어갔습니다. 대학원은 마흔 넘어서 갔고요. 그래서인지 아이의 말에 당황스럽거나 화나지 않았습니다. 각자 인생의 적기가 있고, 원하고 노력한다면 가능하다고 믿기 때문입니다.

"딸, 시험은 계속된다. 성인이 되어서도 시험은 볼 수 있어.

힘내 파이팅!" 하고 응원했습니다. 저녁을 마무리하고 자려던
참에 아이가 말했습니다.

"아빠, 엄마, 감사해요."
"뭐가?"
"학원 선생님은 아빠, 엄마처럼 얘기 안 하더라고요."
"뭐라고 하셨는데?"
"지금 성적이 쭉~ 간대요, 잘하는 애는 계속 잘하고 못하는
애는 계속 못 한다고요."

저는 아이의 눈을 보며 말했어요.
"유빈아, 사람마다 인생의 속도는 다를 수 있지. 그런데 조금
늦더라도 포기하지 않는다면 네가 되고 싶은 모습이 될 수 있
어. 아빠, 엄마가 그랬고 너는 더 잘할 거라 믿어. 그리고 성적
표에 나와 있는 등수나 점수가 너 자신이라고 생각하지 마! 너
의 가치가 아니야! 알았지?"라고요.
사실 이 말은 첫째에게 했지만 제가 부모님께 듣고 싶었던 말
입니다. 아이를 통해 저를 치유하는 느낌이었어요. 이날 진심으
로 아이를 응원할 수 있는 부모가 된 게 행복했고, 그동안 공부
한 자신이 기특했습니다. 여러분은 부모에게 어떤 말을 듣고 싶
으셨나요?

6

"아이 씨, 짜증 나!"

자녀가 감정적으로 행동할 때

4월 어느 날, 현관문을 열고 들어오는 중학생 아들이 "아이 씨, 짜증 나!" 하며 가방을 던집니다. 말투와 행동은 못마땅했지만 안 좋은 일이 있나 싶어 "아들 무슨 일 있었니?" 물어보았습니다.

"아니, 왜 선생님은 예고도 없이 수학 시험을 봐, 세 개나 틀렸잖아! 그리고 오늘 농구를 하는데, 철수가 나보고 못 한다고 빠지라는 거야. 아이 씨, 짜증 나!"

머리에서는 '총 몇 문제인데 세 개를 틀렸다고 하는 거지? 평소에 공부 좀 하지, 철수는 또 누구지?' 하는 생각이 들었지만, 우선 아이의 마음과 욕구를 알기 위해 '반영적 경청'을 했습니다.

"오늘 시험을 봤는데 세 개 틀리고, 농구를 하고 있는데 철수가 못 한다고 빠지라고 했다고?"

"응."

"오늘 되는 일이 없었네."

"응, 그랬어."

"그런데 수학 시험은 총 몇 문제였어?"

"응? 다섯 문제."

순간 '너 지금 말이라고 하는 거야? 공부 안 한 거니?'라는 말이 올라왔지만 참았어요. 숨을 고르고 있는데 아들이 말했습니다.

"엄마, 초등학교로 돌아가고 싶어."

뜬금없는 말에 궁금하기도 하고 웃음도 났어요.

"응? 초등학교로 돌아가면 뭐가 좋은데?"

"그럼 매일 수학하고 농구만 할 거야."

그 말을 들으니 제 감정이 화에서 안타까움으로 바뀌더라고요.

"우리 아들, 잘하고 싶었어?"

"응, 학기 초라 잘하고 싶었어. 앞으로 매일 수학 문제집을 세 장씩 풀어야겠어!"

"좋은 생각이네. 우리 아들 파이팅!"

그렇게 마무리하고, 자기 전 아들에게 수학 문제집을 풀었는지 슬쩍 물어봤습니다.

"엄마, 세 장은 많은 것 같아, 두 장 풀었어."

"좋아, 시작이 반이라고 잘할 수 있어" 하며 응원했습니다. 현관문을 열자마자 짜증 내는 아이에게 지적하고, 꾸짖고, 화부터 냈다면 아이는 감정을 정리할 기회를 얻지 못했을 거예요. 겉으로 보이는 모습을 교정해 주는 것도 때론 필요하지만, 속에서 요동치는 감정을 알아차릴 수 있도록 도와주는 것이 더 중요한 순간도 있습니다.

사춘기 아이들은 자신의 감정을 인식하고 적절하게 표현하는 것이 어렵습니다. 아들의 경우, 속상하고 창피했던 감정을 짜증과 화로 표현했던 것처럼요. 그래서 부모가 자녀의 행동이나 말 뒤에 있는 감정을 추측해서 말해 주면 좋습니다. "시험을 못 봐서 속상했구나", "창피하고 화도 났니?", "그때 마음이 어땠어?" 등 상황에서 느꼈을 감정을 공감해 주거나 물어보면 아이는 자신의 감정을 알아차리고 무엇을 바랐는지 찾을 수 있게 됩니다. 여러 번 시도해 보면 아이와 더 친밀해지고 부모로서 양육 효능감도 높아집니다.

"엄마, 나 무서워"

학습 불안으로 힘들어하는 자녀를 대할 때

'자녀의 자기주도 학습코칭'이라는 주제로 강의할 때 일입니다.

부모님들께 "자녀가 공부를 ___ 하면 좋겠다"란 문장의 빈칸을 채워달라고 하면 '열심히, 스스로, 즐겁게, 알아서' 하면 좋겠다고 하십니다. 아이가 시켜야만 간신히 숙제든 공부든 하는데 그나마도 대충 하거나, 짜증 부려서 힘들다고 하시지요. 시키지 않아도 스스로, 즐겁게, 열심히 하여 미래의 자녀가 사회에서 인정받고, 안정적인 삶을 살길 바란다고 덧붙이셨습니다.

저는 다시 질문을 드립니다.
"부모님들, 회사에서 일할 때나 집안일 할 때 즐겁게, 열심히 하세요?"
"아니…요."

그렇죠, 부모님들도 매번 즐겁게 하는 건 어렵잖아요. 자녀들도 마찬가지일 거라는 생각을 해볼 필요가 있어요. 대학 입시 경쟁률은 더 치열해졌고, 그래서인지 아이들은 어려서부터 놀이터 갈 시간도 없이 학원을 더 많이 갑니다. 학교에서는 과목별 시험과 수행평가 모두 잘해야 좋은 점수를 받을 수 있지요. 아이들은 과제만으로도 버거워 생각할 여유조차 없다고 말합니다.

딸이 고등학교 1학년 중간고사 성적표를 가져왔을 때 일입니다. 수학은 5등급, 영어는 4등급이었습니다. 공부를 잘하는 애들이 모인 학교라지만 중학교 3학년 때 아이의 성적을 생각하면 예상치 못한 등급이었습니다. 중학교 1학년 때도 그렇고 지금도 이런 걸 보면 1학년은 쉽지 않나 봅니다. 아이는 울먹이며 말했습니다.

"엄마 어떻게 해? 전학 갈까? 자퇴하고 검정고시 볼까? 나 너무 무서워!"

"그래도 중간이네. 뭐가 무서워?"

"아이들이 쉬는 시간에 쉬지 않고 문제 풀어, 무서워. 나 대학교 못 가면 어떻게 해?"

"대학에 못 갈까 봐 두렵구나! 딸, 사는 방법이 한 가지만 있는 건 아니야. 어떻게든 살아. 진정하고 천천히 생각해 보자."

그 뒤로 공부하느라, 속을 끓이느라, 아이는 한동안 잘 먹지도, 자지도 못하더니 몸무게가 5kg이나 빠졌습니다. 저는 미리 선행을 준비했어야 했나 싶어 미안했습니다. 공부가 뭐라고 여러 가지 생각과 감정이 들었지요. 복잡한 마음을 뒤로하고 일단 아이부터 살려야겠다 싶어 2주 동안 병원에서 링거를 맞으며 다독여주자, 아이는 조금씩 회복했습니다.

한 달 보름쯤 지났을 때 아이가 말하길, "엄마 생각해 봤는데요, 어딜 가도 경쟁은 똑같을 것 같아요. 여기서 버텨볼게요"라고 하지 뭐예요. "괜찮겠어? 도움이 필요하면 뭐든 말해. 아빠, 엄마가 도울게. 딸 고마워"라고 말했습니다. 최근 매우 힘들었고 회피도 하고 싶었을 텐데 견뎌보겠다고 말하는 아이를 보니 뭉클했습니다. 어느새 훌쩍 컸더라고요.

시간은 흘러 기말고사 기간이었습니다. 새벽 2시, 아이가 잠을 깨기 위해 선풍기 앞에 서서 공부하더라고요. 제가 "딸, 졸리면 들어가서 자지 그래." 했더니 딸이 "엄마, 저 지금 자면 망해요"라고 말하며 노트를 보는데, 왈칵 눈물이 났습니다. 세상에 태어난 지 17년밖에 되지 않은 아이가 졸린 눈을 비비며 노력하는 모습이 기특했습니다. 아이에게 "딸, 고마워, 시험 결과를 떠나서 이렇게 노력하는 너를 볼 수 있어 엄마는 감동이야"

하며 꼭 안아주었습니다.

다행히 아이의 성적은 조금씩 올랐습니다. 2학년 때인가 아이가 말하길 1학년 때 아빠, 엄마가 성적표를 보고 실망하실까봐 걱정했는데 성적과 관계없이 여전히 사랑해 주신 덕분에 심리적으로 안정될 수 있었다고 하더라고요. 그 말을 듣고 부모의 사랑이 온전히 전해진 것 같아 행복했습니다.

아이들은 공부를 잘하고 싶어 합니다. 왜 아니겠어요. 아이마다 할 수 있는 노력의 정도와 상황이 다를 뿐이지요. 혹여 부모님이 보기에 노력이 부족해 보여도 아이가 제 나름대로 애쓴다는 것을 인정해주세요. 그 과정에서 얻는 인내심, 끈기, 자신감, 성취감 등 마음의 힘을 키울 수 있도록 응원해 주시면 좋겠습니다.

"잃어버린 것도 아닌데, 엄마 왜 그래?"

사춘기 자녀를 가르칠 때

첫째가 고등학교 2학년 때 일입니다. 늦은 밤 10시쯤 핸드폰 문자 알림 소리에 확인하니, 학원 선생님께서 보낸 문자였습니다. 내용은 아이의 핸드폰이 학원에 있으니 염려 말고, 오는 날 찾아가라는 내용이었어요.

핸드폰을 놓고 왔다고? 딸이 알고 있는지 궁금해서 아이 방에 들어갔습니다.

"유빈아, 핸드폰이 학원에 있다는 문자를 받는데 알고 있었어?"

"학원에 있으면 됐네."

"뭐라고? 놓고 온 거 알고 있었냐고?"

"거기 있다는데 왜 그래? 스마트폰도 아니잖아?"

"스마트폰이 아니면 괜찮다는 거야?"

"잃어버린 것도 아닌데, 엄마 왜 그래?"

"그럼 만약 스마트폰을 잃어버린 거라면?"

"엄마?!"

조금만 더 했다가는 제 입에서 어떤 말이 나올지 모르겠다 싶
었습니다.

"나중에 다시 얘기하자."

아이 방을 나왔습니다. 아이의 말대꾸에 화가 났습니다.

저는 학창 시절 잘못한 일이 있으면 부모님 앞에서 고개 숙이
고, 눈도 마주치지 못한 채 잘못했다고 했습니다. 부모님은 자
녀가 잘못하면 초장에 잡아야지, 그래야 다시는 그런 행동하지
않는다고 하시며 혼내셨지요. 무서웠던 기억이 납니다.

제가 부모가 되어 자녀를 가르칠 때 무섭게 추궁하거나 처벌
하지 말아야지 했지만, 실전은 어려웠습니다. 다행히 멈추고
'나는 왜 화가 날까?' 생각해 보니 아이가 잘못한 일에 대해 별
일 아닌 듯 말하는 태도에 일단 화가 났고, 아이 입에서 "죄송해
요. 엄마, 앞으로는 잘 챙길게요"라는 말을 듣고 싶었던 것이었
습니다.

아이는 잘못이라고 생각하지 않거나, 못할 수도 있습니다. 그

럴 때 부모가 이성적으로 가르칠 수 있다면 얼마나 좋을까요. 저도 아이에게 "유빈아, 금액과 상관없이 자신의 물건은 잘 챙겨야 하는 거야. 잃어버리면 여러 가지로 복잡해지잖니. 앞으로 잘 챙길 수 있지?"라고 가르치면 좋았을 텐데 말이죠.

30분쯤 지난 뒤 아이가 방에서 나와 저를 보며, "엄마, 죄송해요. 생각해 보니 공신 핸드폰이라도 잘 챙겼어야 했는데, 앞으로는 제 물건 잘 챙길게요" 하지 뭐예요.

저는 "딸, 그 말이 듣고 싶었나 봐, 고마워 앞으로 잘 챙기자"라고 말했어요. 잠시 멈추길 잘했다 싶었습니다. 화도 가라앉히고 마음도 알아차려 큰소리 안 내고 소통하며 마무리됐잖아요.

그런데 다음날 참 신기한 일이 일어났습니다. 학원에 갔던 아이가 저녁에 돌아와서 말하길 핸드폰 없이 학원에 가는데, 광화문에서 갈아타는 버스가 한참 동안 기다려도 오지 않더래요. 알아봤더니 대규모 시위로 버스가 오지 못한다는 거예요. 학원 시간은 다가오고 지각할 것 같아 전화는 해야겠는데 핸드폰이 없으니 막막한 상황이 벌어진 거지요. 지나가는 분께 사정을 얘기하고 빌려서 통화했대요. 그러면서 자신의 물건을 잘 챙겨야 하는 이유를 경험했다고 말하는데 가족 모두 웃었습니다.

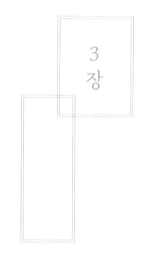

3
장

부부에서
부모가 되어갑니다

1

최악의
생일날

그날은 미국에 사는 형님께서 오랜만에 한국에 오셔서 시댁 모임이 있는 날이었어요. 주말 도로는 차들로 가득했습니다. 한 시간 넘게 답답한 도로를 운전한 남편은 짜증을 냈고, 저도 저의 생일날 시댁에 가서 일할 걸 생각하니 예민했습니다. 짜증을 내는 남편에게 쏘아붙이듯 말했습니다.

"뭐가 그리 급해? 천천히 가."
"네가 운전을 해봐야 알지."
"짜증 낸다고 뭐가 해결돼?"

목소리는 점점 커졌고 말다툼으로 이어졌습니다. 화가 난 남편은 고속도로를 빠져나가자마자 갓길에 차를 세우더니 저를 보며 말했어요.
"야! 내려."

"뭐라고?"

"내리라고, 안 내려? 내가 내리게 해 주지."

화가 난 남편은 직접 문을 열고 저를 빤히 쳐다봤습니다. 너무 황당하고 기가 막혔어요. 저는 어쩔 수 없이 자는 아이를 내려놓고, 가방과 핸드폰도 챙기지 못한 채 거리로 내쫓기는 신세가 되었습니다.

창피함과 화, 분노가 치밀어 올랐어요. '연애한 5년 동안, 난 뭘 본 거지? 보고 싶은 모습만 본 건가? 아니면 그동안 남편이 숨겨왔나? 우린 서로를 잘 알고 결혼한 건가?' 별별 생각이 다 들었습니다. 거리를 걸으며 "내가 미쳤지, 저런 인간이랑 결혼하고 애를 낳았다니!" 눈물이 났어요. 미친 듯이 남편을 욕했어요. 제가 아는 나쁜 말은 다 한 것 같습니다.

어느새 걷다 보니 버스 정류장에 도착했고 주머니를 뒤지니 다행히도 만 원짜리 한 장이 있었어요. 최악의 생일날, 이 초라한 모습을 누구에게도 보이기 싫어 집으로 가는 버스를 탔습니다. '어쩌다 우리는 이렇게 되었을까? 어디서부터 잘못된 걸까?' 둘이면 좋을 줄 알았는데 더 외롭고 힘든 건 왜일까?

결혼 후 힘들어지기 시작한 건 회사의 권고사직과 둘째 출산 이후부터였어요. 임신이라는 이유로 권고사직 받을 때 울기도 많이 울었습니다. 그렇게 상황상 강제 전업주부가 되었고 이왕 이렇게 된 거 '이참에 자녀 양육과 남편 내조 모두 잘해보자'라고 마음을 먹었지요. 집도 친정집 근처에서 남편 회사 근처로 이사하며 새로운 환경에서 다시 출발하고 싶었습니다.

그러나 마음과 달리 아는 이 하나 없는 낯선 곳에서 혼자 육아하는 것은 외롭고 힘들었어요. 딸은 유치원 적응이 어려웠는지 거의 매일 가기 싫다고 아침마다 울고, 아들은 자주 아파 병원에 가는 게 일상이었거든요. 이런 날들이 계속되자 저의 에너지는 바닥이 났고 짜증과 화는 아이에게 갔습니다. 낮에는 큰아이를 잡고 밤에는 자는 아이들을 보며 울던 날들이 많았어요. 남편은 이런 저에게 위로와 공감을 해 주었지만, 긴 병에 장사 없다고 거의 매일 힘들어하는 저를 보며 남편도 힘들어했습니다. 그러면서 관계는 나빠졌고 부부 싸움은 잦아졌습니다.

하염없이 눈물이 흘렀고, 아이들을 생각하니 미안하고 부끄러웠습니다. 남편에 대한 실망과 결혼에 대한 후회도 물밀듯이 밀려왔고요.

집에 도착하니 남편과 아이들이 있었습니다. 남편은 무릎 꿇고 사과하더군요. 그렇다고 제 마음이 눈 녹듯 사라지진 않았어요. 복잡한 마음을 정리할 겨를도 없이 시댁에 갔고, 별일 없는 듯 꾹 참고 일했습니다. 집으로 돌아온 저는 참았던 감정이 다시 터지면서 남편과 또 싸웠습니다.

왜 그랬을까요? 과거 어머님들과 다르지 않게 아이들 때문이었는지, 가정을 지키고 싶었는지 저도 잘 모르겠습니다.

2

힘들면
쉬었다 해도 돼

유치원생 수업이 있는 날이었습니다. 수업이 끝나고 동료 선생님과 점심을 하면서 제가 남편 얘기를 꺼냈습니다.

"선생님, 저는 요즘 남편이 미울 때가 많아요. 주말이면 침대와 한 몸이 되고 먹지 않으면 잠만 자요. 집안일도 좀 도와주고 아이들과도 놀아주면 좋겠는데 누워만 있는 모습을 보면 자꾸 화가 나요. 선생님은 안 그래요?"

제 말을 듣고 있던 선생님은 잠깐 생각하는 듯하더니 말했습니다.

"음…. 저도 완벽한 아내는 아니라서요"라고 말하는데 망치로 머리를 맞은 것 같았습니다.

집으로 돌아가는 길에 '나는 아내로서 엄마로서 완벽한가?', '남편은 나에게 불만이 없을까?' 생각하니 부끄러워졌습니다.

곰곰이 마음을 들여다보니 제가 바랐던 것은 저를 도와달라는 거였어요. 특히 주말이면 주부는 일이 더 많잖아요. 그 강사님 덕분에 저의 기대와 바람을 알게 되었습니다.

생각이 정리되니 마음에 공간이 생겼습니다. 힘들 땐 쉬기로 했습니다. 그동안 왜 이런 결정을 하지 못했을까요. 힘들어도 해야 할 일은 하는 거라고 부모님과 사회에서 교육받았습니다. 성실과 책임감을 가르쳐주셨지요. 남에게 피해 주지 않고, 인정받고 살려면 꼭 필요하다고 하셨습니다. 힘들고 아파도 일하시던 엄마처럼 저 또한 그렇게 살고 있었습니다. 어릴 적 엄마가 환하게 웃는 것을 본 기억이 거의 없습니다. 먹고 사는 게 힘들었던 부모님의 시대와 다름에도 저는 엄마처럼 살고 있었습니다.

생각해 보니 누군가로부터 '힘들면 쉬었다 해도 돼'라는 말을 들어본 적이 없습니다. '하기 싫고 힘들 땐 쉬자. 나를 챙기며 살자'라고 마음을 먹었습니다. 또한 짜증 내는 얼굴보다 웃는 얼굴로 대해야겠다는 다짐도 했습니다. 그리고 나니 남편의 행동도 이해됐습니다. 강요하지 않고 죄책감 주지 않으며 살아갈 방법을 찾아갑니다.

남편의
어린 시절 상처

퇴근해서 돌아온 남편의 모습이 여느 때와 달랐습니다.
저녁을 마무리하고 방에 들어가 물었습니다.

"오늘 무슨 일 있었어?"

"왜?"

"아까 들어오는데 평소와 다르더라고. 금방 울고 들어온 사람 같았어."

"그랬어? 퇴근길에 형한테 전화가 왔었어. 조카가 학교에서 시험 점수가 좋지 않은데 담임 선생님께서 반 평균 깎아 먹는 아이라고 공부 좀 하라고 했대. 어떻게 하면 좋냐고, 속상하다고."

"세상에 정말! 선생님 너무 하셨네."

"그러니까 속상하지. 전화를 끊고 걷는데 어릴 때 생각이 나더라고. 초등학교 때 아버지 돌아가시고 전주로 이사 갔을 때

전학 간 학교에서 거의 매일 엎드려 있었거든. 왜 엎드려 있었나 생각해 보니 담임 선생의 눈빛 때문이었어. 나를 벌레 보듯 보면서 '공부도 못하는 게 준비물도 안 가져오고'라고 하는데 그 눈빛이 너무 싫고 무서웠어."

"그런 일이 있었구나."

"그때 생각하니 눈물 나더라고."

"얼마나 불안하고 두려웠을까! 고생 많았네, 남편."

평소 남편은 건강에 무척 예민하고, 아이들의 전학은 절대 안 된다며 반대했었습니다. 과거 본인의 경험이 너무 힘들었기에 아이들만큼은 그런 일을 겪게 하고 싶지 않았던 거지요. 부부는 과거 경험과 감정을 나누면 상대를 더욱 이해하게 되어 친밀해집니다.

4

부모는
자녀의 안전기지

힘들었던 코로나19가 지나가서 삶이 좋아지나 싶었는데, 이젠 고물가, 저성장으로 미래에 대한 불안이 커지고 있습니다. 남편은 회사가 걱정이고, 대학생 딸은 진로를 고민하며, 아들은 고등학생이라서 진학에 대한 불안이 있습니다. 끝이 없나 봅니다.

하루를 마치고 집으로 돌아온 가족들은 얼마나 힘들었는지 몸만 봐도 느껴집니다. 축 처진 어깨, 한숨, 소파나 의자에 앉아 스마트폰을 보며 밥 차려질 때까지 기다리는 모습을 보면 그나마 제가 집에 있는 게 다행이다 싶습니다.

저녁을 먹고 정리가 끝난 뒤 남편이, "아들이 이번 담임 선생님이 마음에 들지 않는지 뭐라고 하는데, 어떻게 말해줘야 할지 모르겠더라고, 마음이 불편해."

"그래? 아까 낮에 나한테도 얘기했는데 당신한테도 했구나."

"그래?"

"여러 번 얘기하는 거 보니 아들이 불안한가?"

"그런가?"

"당신도 나한테 회사 얘기하잖아, 그럴 때 어떤 마음으로 얘기해?"

"듣고 보니 내가 말하고 싶은 것처럼 아들도 그랬겠네. 해결책을 달라는 게 아니라 들어 달라는 거였네. 그런데 막상 아까 같은 상황이 되면 그게 어려워 잘 안 돼."

"나도 쉽지 않아 아들이 예민하기도 하고, 우리가 공감이나 위로의 말을 많이 들어보지 못해서 그럴 수도 있는 것 같아. 당신 학창 시절에 아들처럼 어머니께 말해본 적 있어?"

"응…. 없지. 아마 했어도 아무 말씀 안 하시거나 '선생님 말씀 잘 듣고 공부나 열심히 해'라고 하셨을 거야."

"그러니까 모두 그런 건 아니지만 부모에게 듣지 못한 말은 잘 안 나오는 것 같아."

"그럴 수 있겠다."

정신의학자 존 볼비의 애착 이론에 따르면 부모는 힘들고 불안할 때 찾아와 안전을 느끼는 안전기지(secure base) 역할을 하며, 그런 기지가 잘 만들어질 때 앞으로 일생에 걸쳐 좋은 대인 관계를 형성할 능력이 생긴다고 했습니다. 즉 외부 세계로 나가는 데 있어서 발판이 됨과 동시에 자녀가 탐색을 마치고 돌아왔을 때 신체적, 정신적으로 재충전을 제공해 주는 안전한 대상이 되어 주는 것이지요.

만나면 긴장되지 않고 솔직하게 얘기할 수 있는 사람, 내 이야기에 귀 기울여 주는 사람, 내 마음을 궁금해하는 사람, 작고 초라한 내 모습도 괜찮다고 말해 주는 사람이 부모이자 가족이라면 더할 나위 없이 행복하겠지요.

아들에게 안전기지 역할을 하고 싶은 마음을 담아 아들과 대화를 나눴습니다. 꼭 해결되지 않더라도 아이의 불안이 밖으로 나오고 그래서 마음이 가벼워졌다면 그것만으로도 감사합니다.

5

엄마라서
행복합니다

매년 겨울 방학에는 아이들과 스키장을 갑니다. 연애 시절 남편과 스키장에서 리프트를 기다리는데 저 멀리 어린 자녀와 부부가 함께 스키를 타는 모습이 참 행복해 보였습니다. '나도 나중에 결혼하고 아이가 크면 꼭 아이와 함께 스키 타야지'라고 꿈을 꿨습니다. 결혼 후 첫째가 일곱 살이 되던 해부터 지금까지 스키를 함께 타고 있습니다.

첫째가 스키를 처음 탔던 날이 생각납니다. 어려서부터 겁이 없고, 놀이터를 가면 높은 곳을 좋아하며, 놀이기구도 잘 타는 활동적인 아이였기에 당연히 스키도 흥미로워하고 좋아할 줄 알았어요. 초급자 코스에서 스키를 신기려는 순간, 아이는 울먹거리며 "나 싫어, 내가 언제 스키 탄다고 했어? 나 안 타. 무서워"라고 하지 뭐예요. 예상을 빗나간 아이의 행동에 남편과 저는 당황스러웠습니다.

아이에게 "엄마, 아빠는 네가 좋아할 줄 알았어. 무서워할 줄은 생각도 못 했어. 미안해"라고 말하고 다 같이 걸어 내려갔습니다. 한참을 내려가던 중에 남편은 "유빈아, 딱 한 번만 타보자, 한 번 탔는데도 싫으면 아빠가 더 이상 말하지 않을게"라고 하더군요. 아이는 잠시 생각하더니 "알았어, 타볼게" 하였고 그렇게 그날 초급을 넘어 중급 코스까지 탔습니다. 마음을 바꿔서 도전한 아이가 사랑스러웠습니다. 저의 꿈이 이뤄진 날이었지요.

둘째가 일곱 살 되던 해부터는 온 가족이 함께 스키를 탑니다. 아이들의 스키 실력이 느는 것을 옆에서 볼 수 있어 행복합니다. 부모가 넘어지면 옆에서 "엄마, 괜찮아?" 하며 걱정해 줍니다. 부모와 아이 모두 넘어지고 일어나길 반복했지만 즐거웠습니다. 산 정상에서 바라보는 자연은 너무도 아름다워 탄성이 절로 나옵니다. 그 순간을 함께한 기념으로 사진을 찍고 추억을 남깁니다.

엄마라서 행복할 때가 많습니다.
아이들이 새로운 것을 도전하고 배워가는 모습을 볼 수 있어 행복합니다.
실수했지만 다시 해보려고 노력하는 모습을 볼 때 행복합니다.

아이가 속상하고, 억울한 일들을 말해 줄 때 행복합니다.

고민과 걱정을 나눌 수 있어 행복합니다.

음식을 해주고 맛있게 먹는 모습을 볼 때 행복합니다.

아이의 웃는 모습을 볼 때 행복합니다.

부모인 나는 하지 못했지만, 자녀는 할 수 있을 때 감사하고 행복합니다.

아이 덕분에 점점 많은 문제를 해결할 수 있게 된 제가 좋습니다.

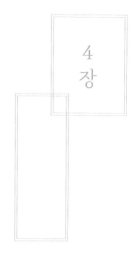

4
장

양육의 팁

,

1

자녀에게 득이 되는 부모 vs
독이 되는 부모

저는 전환기 부모교육을 합니다. 새내기 부모교육이라고도 하지요. 달라지는 학교 생활과 자녀의 발달 그리고 교육 과정을 안내해 드립니다. 특히 중학교 과정 중 자유학기제와 관련된 정보를 안내하는데 주제 선택 활동, 진로 탐색 활동 등 개인의 적성과 소질을 키워갈 수 있는 교육 과정입니다. 과목별 수행평가는 학생들에게 부담이기도 하지만 덕분에 정보 탐색 능력, 논리력이 길러집니다. 아이들은 학교에서 성인지 감수성 교육, 인권교육, 다문화 이해 교육 등 다양한 사람들과 더불어 살아갈 수 있도록 교육받는 세대이기도 합니다. 또한 어떤 안건에 대해 토의 또는 토론도 합니다.

이런 변화를 부모님들께 말씀드리고, 가정에서 자녀와 학습, 관계, 생활 습관 등 여러 가지 일들에 대해 의논이나 가족회의를 하면 좋다고 말씀드립니다. 특히 가족회의는 각자의 목소리를 낼 수 있고, 의견이 다를 때는 조율하는 경험을 하게 됩니다. 학교에서 배운 다름과 존중, 토론을 일상에서 경험하는 것이지요. 그런데 안타깝게도 학교에서 배우는 것이 현실과는 먼 가족도 있습니다. 의논은 고사하고 대화도 어렵다는 학생들이 있습니다.

"부모가 부르면 바로 나와야지, '왜요'가 뭐야?"
"어디서 여자가 그런 일을 해, 안 돼."
"그렇게 네가 하고 싶은 대로 할 거면 나가."
"공부만 하면 되는데 그게 그렇게 어려워?"

결과만 집중하고 자녀의 상황과 의사는 존중하지 않는 부모, 남녀의 역할과 할 일이 정해져 있다는 듯 말하는 부모, 학습에 대한 기대가 높은 부모는 자녀가 생각하기에 자신을 한 개인으로 존중해 주지 않는 부모이자 성 역할 고정관념이 많은 부모라고 생각하게 됩니다. 자녀에게 득이 되라고 하는 말들이 독이 되는 경우입니다. 물론 자녀를 가르치고, 자녀의 행복을 바라는 부모의 바람까지 잘못이라고 말하는 것이 아닙니다. 방법의 문제이지요.

미국의 심리학자 바움린드는 애정과 통제의 높고 낮음에 따라 부모 유형을 4가지로 구분했습니다. 여기서 통제란 자녀에게 적절한 행동을 요구하며, 한계를 설정하는 것입니다.

첫 번째 유형은 허용적 양육 태도(permissive)로 애정은 높지만, 통제는 거의 하지 않는 유형으로 자녀를 과잉보호하는 유형입니다. 이러면 자녀는 자기중심적이고, 타인의 감정을 공감하고 배려하는 것이 어려워 관계에서도 어려움을 겪을 수 있으며, 자신을 조절하는 것 또한 어렵습니다. 삶에서 실패를 극복하는 힘과 도전 정신이 떨어질 수 있습니다.

두 번째 유형은 권위주의적 양육 태도(authoritarian)로 애정은 낮고 통제가 높은 유형입니다. 매우 엄격하며, 가르치는 것과 처벌에 집중하는 양육 태도로 자녀는 무력감에 빠지기 쉽습니다. 겉으로는 착한 아이처럼 보여도 늘 마음은 불안하고, 감정 표현을 유독 어려워하며 수동적인 사람이 될 수 있습니다.

세 번째 유형은 방임형 양육 태도(uninvolved)로 무관심한 유형입니다. 애정도 통제도 낮은 유형으로 아이에게 관심이 없고 훈육도 하지 않습니다. 아이들은 무력과 우울감을 느끼기 쉽고, 사회에서 환영받지 못한다는 생각 때문에 매우 무기력하거나 반대로 공격적인 모습을 보일 수 있습니다.

네 번째 유형은 민주적 양육 태도(authoritative)로 권위 있는 양육 태도입니다. 애정과 통제 모두 높은 유형으로 사랑을 줄 때는 충분히, 훈육할 때는 엄격하게 바로 잡아줍니다. 대신 감정은 알아봐 주고, 이유도 설명해 줍니다. 아이들은 자기 조절력과 자존감이 높으며, 주체적이고 사회관계도 원활한 경우가 많습니다.

여러분은 어떤 유형인가요? 애정과 통제의 균형을 맞추시나요?

부모도 시행착오를 겪습니다. 앞으로가 더 중요하지요. 선택하실 수 있습니다.

2

방법을 바꾸면
관계도 바뀝니다

부모교육에는 많은 콘텐츠가 있습니다. 대화법, 감성 능력 키우기, 행복의 열쇠 자존감, 자녀의 성교육, 자기주도 학습 능력 키우기 등 정말 많습니다. 그 과목들을 공부하면서 '사람은 정말 복잡하고 다양하며, 살아가는데 많은 걸 알아야 하는구나'라고 느낍니다.

강사가 되기 위해 처음으로 배웠던 과목은 대화법이었습니다. 부모님, 남편, 아이들과 대화할 때 종종 어렵고 지치며 싸움도 하던 시기였기에 대화법을 기대하고 들었던 게 기억납니다. 물론 대화법을 듣고 배웠다고 해서 대화가 늘 잘 되는 건 아닙니다. 다만 갈등이 있을지언정 걱정하고 우려한 상황까지는 가지 않는다는 것이지요. 대화법은 저의 삶에 큰 영향을 주었고, 현재 강사 활동에서도 큰 비중을 차지합니다. 대화법에 관한 책이 많은데 그중에서도 마셜 B. 로젠버그의 『비폭력 대화』를 간단히 소개해 드리고 싶습니다.

"관계에서 갈등을 풀기 위해 가장 주의해야 할 것은, 비난과 비판하는 것이다."

비폭력 대화(Nonviolent communication)를 개발한 마셜 B. 로젠버그의 저서 『비폭력 대화』에 있는 글입니다. 그는 '우리는 자신과 다른 사람들이 무엇을 원하고 있지만 얻지 못하고 있는가에 관심을 두는 대신 무엇을 잘못했는지 그 잘못의 성질을 따지고 분석하고 단정 짓는 데 관심을 쏟는다'라고 했습니다. 또한 '사람을 구별하고 판단하는 행위는 폭력을 부추긴다'라고 말합니다.

그러므로 상대방의 행동을 판단이나 평가하지 않고, 관찰한 바를 구체적으로 사진 찍듯이 말합니다. 그리고 그 행동을 보았을 때 자신이 어떻게 느끼고, 무엇을 바라는지 상대방에게 부탁 또는 요청하라고 말합니다. 이렇게 상대방에게 말하는 이유는 우리의 본성인 연민이 우러나는 방식으로 다른 사람과 유대 관계를 맺고, 우리 자신을 더 깊이 이해하는 데 도움이 된다고 말합니다.

예를 들어 뛰는 아이에게 "뛰지 말라고 했지. 몇 번을 말해"라고 하기보다 "ㅇㅇ아, 엄마는 ㅇㅇ이가 뛰는 걸 보면 다칠까 봐 걱정돼. 그러니 지금은 엄마 손 잡고 걷고, 운동장 가면 뛰자"
라고 하면 어떨까요? 듣는 아이는 자신에 대한 평가보다 부모
의 마음을 더 이해할 수 있지 않을까요.

　어려서부터 쓰던 말을 바꾸는 것은 사고를 바꾸는 것입니다.
타인에게 집중되어 있었던 마음을 자기 자신에게 집중하는 것
이지요. 맘처럼 쉽지 않고 시간도 걸리지만, 노력할 만한 가치
가 있습니다.

3

말 잘 듣던 우리 애가
변했어요

여름이 너무 더워 가을이 왔으면 했는데, 가을이 어느새 가고 겨울입니다. 그렇게 계절은 오지 말라고 해도 오고, 가지 말라고 해도 계절은 바뀌지요. 이런 변화가 반가울 때도 있지만 번거롭고 귀찮을 때도 있습니다. 그럴 때 '날씨가 왜 이래'하며 불평도 해 보지만, 우리는 할 수 있는 것을 합니다. 계절에 맞는 옷과 스카프, 우산, 방한용품 등을 준비하는 것이지요.

부모와 자녀의 관계도 계절과 같이 변화합니다. 아이와 관계가 좋을 때도 있지만, 사춘기 시기에는 어려움을 겪는 경우가 많습니다. 사춘기 자녀를 키우는 부모님들께 "요즘 자녀를 보는 마음이 ___이다. 채워볼까요?"라는 질문을 드리면 "여전히 이쁘고 사랑스러워요"라고 말해 주시는 분들도 계시지만 참여자 80% 이상이 "답답해요. 걱정돼요. 안쓰러워요. 화가 나요. 어떻게 해야 할지 모르겠어요"라고 하십니다. 부모가 이렇게 느끼는 것은 많은 이유가 있겠지만 그중에서도 자녀의 변화 때문인 경우가 많습니다. 초등 고학년이 되면서 자기주장이 강해지고 "알아서 할게요"라는 말을 자주 하며, 방에서 잘 나오지 않습니다. 이뿐인가요. 공부는 뒷전이고 스마트폰과 게임을 오랜 시간 사용하며, 외모, 아이돌, 운동 등에 빠져 해야 할 일을 미루는 모습을 보면 부모로서 답답하고, 걱정되며 화도 납니다.

자녀의 이러한 변화에 부모가 어떻게 대하는가는 중요합니다. 날씨를 탓하듯 자녀를 탓하는 부모는 "어디서 버릇없이 꼬박꼬박 말대답이야!"라고 혼내며 권력으로 아이를 통제합니다. 또는 "너 핸드폰 압수야! 약속도 안 지키잖아" 하며 처벌하기도 하지요. 그러나 사춘기 자녀는 쉽게 통제되지 않습니다. 큰소리로 반항하고 부모를 공격하기도 하지요. 어떤 아이들은 부모를 피하고 입을 닫는 방법을 택하기도 합니다. 부모와 아이 모두 답답하고 관계는 틀어집니다. 그러므로 자녀의 탓이 아닌 발달 과정에서 일어나는 변화임을 이해하는 것부터 관계의 시작입니다.

발달 심리학자이자 정신 분석학자 에릭 에릭슨은 발달 단계별로 성장 과정이 있음을 제시했습니다. 각 단계에서 성취해야 할 발달 과업이 있으며, 이를 성공적으로 이루면 자율성, 주도성, 근면성, 긍정적 자아를 형성한다고 말합니다.

그중에서도 청소년기 발달을 살펴보면 청소년기는 정체감이 발달하는 시기입니다. 원하지 않아도 몸이 변화하고, 학습의 양도 많아지며, 친구 관계, 진학과 진로의 고민이 많아집니다. 이러한 혼돈의 시기에 청소년은 다른 사람과의 상호 작용을 통해 나는 누구이며, 무엇을 하고 살아야 할 것인지, 어떤 역할을 해야 하는지, 알아가는 시기라고 합니다. 그러므로 자녀의 어려움을 이해하고 긍정적인 면을 피드백해 주는 것이 긍정적 자아 정체감을 형성하는 데 도움이 됩니다. 이 기간이 사람마다 차이가 있어 부모가 혼란스러울 수 있지만 영원히 계속되는 것이 아님을 알기에 우리는 기다려야 합니다.

서울대학교 소아청소년정신과 김붕년 교수님에 따르면 청소년기는 몸과 뇌의 리모델링 시기로, 다양한 경험과 생각이 뇌 발달에 큰 영향을 미친다고 말합니다. 이 시기에 부모의 역할은 자녀가 다양한 경험을 할 수 있도록 격려와 지지, 상담자의 역할로 변화해야 합니다. 청소년기 자녀에게 좋은 음식과 영양제도 필요하지만, 정서적으로 허기지지 않도록 인정과 배려를 기반으로 소통해야 합니다. 자기주장이 센 자녀에게 "그래 엄마와 생각이 다르구나, 자세히 말해 주겠니?" 하며 존중과 수용을 표현하고 호기심 어린 태도로 대화하는 것입니다. 즉각적인 효과는 어려울 수 있지만, 장기적인 관점에서는 자녀의 자존감과 사회성 발달에 도움이 됩니다. 몸과 마음 모두 건강한 자녀로 성장할 수 있습니다.

원영

올해부터 교실에서 하던 놀이 수업을 신체 놀이가 가능한 장소로 옮겨서 진행하게 됐습니다. 교실에서는 아무래도 아이들이 자유롭게 큰 동작하기가 어렵거든요. 장소를 이동해서 수업하게 되니 들뜬 아이들이 우르르 몰려갑니다. 아이들이 안전하게 뛰어놀 만큼 넉넉한 공간이지만 대신 신발을 벗고 들어가야 합니다. 장소가 바뀌고 첫 수업을 하던 날입니다.

"신발을 벗고 들어가야 합니다."

아이들이 신발을 벗고 교실 문 안으로 빨려 들어가듯 달려 들어갑니다. 어지럽게 날아가는 아이들의 신발을 보면서 '가지런히 정리하고 들어가야겠다.' 생각하며 문 앞에 서 있었습니다. 그때 한 아이가 쪼그려 앉아서 친구들이 벗어 던진 신발의 짝을 맞추고 가지런히 정리합니다.

"어머, 멋지다. 어쩜."

공간에 뒹굴고 뛰던 아이들은 선생님이 감탄하는 소리를 내자 문을 바라봅니다. 자신들이 벗어 던진 신발을 가지런히 정리하는 친구를 봅니다. 몇몇 아이들이 다가와 함께 정리합니다. 그 후로 아이들의 신발은 가지런히 한 방향으로 놓였습니다. 한 아이의 행동이 변화를 만들어냅니다.

놀이의 특성상 편을 나누게 됩니다. 팀을 나누는 방법에는 가위, 바위, 보를 하거나, 주사위를 던져서 홀짝으로 편을 정합니다. 때론 대표를 정해서 편을 나누게도 하죠. 대표의 기준은 태도를 바르게 하고 앉아 있거나, 선한 행동을 한 아이로 정합니다. 대표를 정할 때는 모든 아이에게 고르게 기회가 가도록 신경을 씁니다. 모두에게 기회를 고르게 주려고 하는 이유는 대표를 한 아이는 놀이에 임하는 태도가 달라지거든요.

수업을 마치고 반으로 돌아갈 시간이 되었습니다. 좁은 문을 향해 아이들이 일제히 달려갑니다. 사고가 나기 전에 달리는 아이들을 세웁니다. 멈춘 아이들을 한 줄로 세우고, 앞에 선 아이가 신발을 다 신을 때까지 뒤에 아이는 기다리게 하였습니다. 질서가 금방 잡힙니다.

신발을 신고 교실로 돌아가려면 줄을 서야 합니다. 어른들이 보기에는 앞에 서거나 뒤에 서거나 중요하지 않은 것 같은데, 아이들은 서로 앞에 서려고 합니다. 질서를 잘 지키는 아이를 앞에 세웁니다. 그렇게 하면, 앞에 서고 싶은 아이들은 규칙을 잘 지킵니다. 바른 자세를 하고, 저를 바라봅니다. '제발, 저를 앞에 세워주세요.' 강렬한 눈빛을 발사하면서요.

놀이 수업을 좋지 않은 시선으로 보는 선생님도 계십니다. 정신없이 놀다 보면 즐거웠다는 기억은 있으나 교육적인 효과가 있는지 의문을 제기합니다. 하지만 아이들은 모든 과정 안에서 배웁니다. 신발을 정리하는 친구를 보면서 아무 생각 없이 벗어 던지던 신발을 가지런히 놓고, 놀이 시간에 장난을 멈추고 규칙을 지키는 법을 배웁니다. 놀다가 생기는 감정을 대면하고 대응하는 힘이 생깁니다.

엄마가 되고 난 후 아이들이 얼마나 힘들게 태어나는지, 그 존재만으로도 귀하다는 것을 알게 되었습니다. 그래서 아이들을 대할 때 사랑하는 마음이 먼저 생기나 봅니다. 사랑하는 아이들이 저를 만나는 놀이 시간만큼은 행복했으면 좋겠습니다. '나'만 행복한 아이가 아니라 '너'도 행복한 아이가 되면 좋겠어요.

책을 함께 쓰면서 '엄마가 된 자신'에 대해 이야기를 자주 나눴습니다. 과거에는 엄마가 되면 나를 잃어버린다고 생각했었습니다. 그런데 오히려 치열하게 나를 대면하고 있었습니다. 아이를 키우며 대면하는 자신의 한계를 경력으로 삼아 학부모 강사가 되고, 행복해지길 바라는 엄마의 마음으로 놀이 강사가 되었습니다.

내가 살아가고 있는 지금은 나의 경력이 될 겁니다. 사소하다고 여기는 것들이 내일은 어떻게 발현될지 아무도 모릅니다. 고마운 은수 작가님과 은희 작가님을 만나서 글을 함께 쓰게 될 것이라고 몰랐듯이 말입니다. 말로 하던 생각을 글로 적는다는 것이 이렇게 어렵다는 것을, 쓰지 않았다면 몰랐을 겁니다. 지금 발걸음이 내일의 경력이 될 테니 천천히 걸어 보세요.

마지막으로 늘 내 편이 되어주는 '윤' 고맙습니다. 존재만으로도 힘이 되는 아들, 너의 건강을, 너의 안전을 항상 기도할게. 정신적 안내자가 되어주시는 부모님, 감사합니다. 우리 가족들 덕분에 건강한 엄마가 되고, 세상을 따뜻하게 바라보게 됩니다. 그 힘으로 오늘도 저는 아이들 앞에 따뜻한 놀이 선생님으로 섭니다.

은희

    여름부터 시작된 글쓰기가 거의 1년이 다 되어갑니다. 글쓰기를 끝내는 마음은 뭐랄까? 운전 면허증을 취득하고 도로를 처음 주행하는 초보 운전자의 마음과 비슷합니다. 기쁨과 설렘, 불안이 공존합니다.

    글쓰기는 어려웠지만 힐링이었습니다. 쓰고 지우기를 반복하고 자세히 오래 봐야 했지요. 어렵고 지칠 때 저의 손을 잡아주고 이끌어 준 은수 작가님과 원영 작가님이 있었기에 여기까지 올 수 있었습니다. 우리의 만남은 위로와 격려, 배움으로 가득했습니다.

    글쓰기를 통해 제가 걸어왔던 길을 되돌아봤습니다. 실수도 있고 후회스러운 일도 있었습니다. 그러나 고비가 있을 때마다 포기하지 않고 길을 찾아 나섰더라고요. 무언가 시도하고 노력한 제가 보였습니다. 그 과정에서 잃은 것보다 얻은 게 훨씬 많았습니다. 가족과의 추억, 사랑스러운 아이의 미소, 삶의 의미 등 엄마 경력 20년 나름 괜찮게 살아온 것 같습니다. 글을 읽고 있는 독자 여러분도 저와 같으리라 생각합니다. 부모이기에 어려움이 있고 힘든 일도 있지만 즐겁고 행복한 일이 더 많잖아요. 우리는 이미 괜찮은 부모입니다.

글을 쓰면서 알게 된 것이 있습니다. 제가 뭘 바라는지, 어떤 때 힘들어하고 언제 행복한지 저에 대해 더 깊이 이해하게 되었습니다. 몰랐던 저를 발견하기도 했고요. 변화도 있었습니다. 바로 책이라는 멘토이자 친구들을 적극적으로 사귀기 시작한 것입니다. 여유 있을 때, 위로받고 싶을 때, 세상이 궁금할 때 친구들을 만나러 도서관에 갑니다. 이 책이 여러분의 친구가 되면 좋겠습니다.

마지막으로 글의 주인공들인 사랑하는 부모님과 남편, 인생의 선물인 아이들에게 감사한 마음을 전합니다. 또한 한결같이 지지해 주고 격려해 주는 오빠, 형부, 언니들 사랑하고 감사합니다.